무엇이 되지 않더라도

KB139143

무엇이 되지
않더라도

even if it doesn't happen . . .

김동영 글 · 사진

arte

*

내 영혼 끝까지 춥고 고독했던 경험들과 시간들이 쌓여
내가 더 나다워질 수 있었는지도 모른다.

그래서 나는 스스로를 고립시키는 여정을
이렇게 계속할 수밖에 없는 것이다.

그렇다면 궁금해진다.
당신은 어떻게 스스로 단단해지고
당신만의 세상을 배우고 있는지.

다시 새로운 바람이 불어

스물아홉에서 서른,
세 계절에 걸쳐 나는 낯선 길 위에 있었다.
그때 첫 책을 썼다.

10년이 가고 마흔 살이 되었다.
난 여전히 낯선 길을 전전하고 있다.
그때처럼……

달라진 건

.

.

.

모르겠다.

이쯤 되면 어떤 식으로든 변해 있을 거라 기대했다.
그때처럼 불안해하지 않고,
담대함은 북극해의 흰수염고래 같고,
무엇보다 제대로 된 어른이 되어 있을 거라 생각했다.

마흔이 된 지금 나는 여전히 불안해하고,
담대해져 있지도 않다.
무엇보다 제대로 된 어른이 되지도 않았다.
노력이란 걸 하고 있지만 티도 안 난다.
무엇보다 뭘 어떻게 노력해야 하는지 모른다.
계획도 세워보지만 어찌하다 보니 나이만 먹어버렸다.

여전히 바라고 고대한다.
다시 새로운 바람이 불어 나를 다른 10년으로 데려다주길.

하지만 한 가지
달라진 건

.

.

.

앞으로 특별히 어떻게 변하거나 무엇이 되지 않더라도……
이런 나로서 만족하며 살고 싶다.
그리고 온전한 내가 되고 싶다.

1.

살아간다

2.

떠난다

3.

돌아온다

살아간다

너의 자유로움으로 가

"저도 당신처럼 자유로워지기로 했어요."

당신이 왜 내게 그런 말을 했는지 나는 모른다. 이제까지 한 번도 그런 이야기를 내게 한 적은 없었다. 다짐과도 같은 당신의 말을 들었을 때 처음에는 나를 비난한다고 생각했다. 내가 뭘 잘못하기라도 한 걸까?

'안녕'이라는 인사 대신 먼저 건넨 그 말에 나는 어떻게 반응해야 할지 몰랐다. 그다음 생각한 건 '자유로워진다는 게 뭐지?'였다. 더구나 '나처럼'이라니! 그렇다면 내가 자유로워 보인다는 뜻인가? 내가 자유롭나? 여러 질문이 갑자기 내 안으로 대책 없이 쏟아져 내렸다.

자유. 좋은 말이다. 하지만 일상생활에서 그리 감촉이 있는 말은 아니다. 노랫말이나 책의 문장, 영화 대사에서가 아니라 내 앞에 있는 사람이 그 단어를 직접 입에 담은 건 당신이 처음이었다. 나는 묻는다.

"자유롭다는 게 뭔데요?"

"자기가 하고 싶은 대로 생각하고 행동하는 거요."

"내가 그렇게 보인다는 거예요? 당신이 보기에……?"

"네. 누가 봐도 당신은 자유로워 보여요."

"내가요?"

"당신은 자신이 자유로운 거 못 느껴요?"

"자유롭다기보다 나는 그저 홀가분하고 싶은 것뿐인데요."

"그게 자유로운 거예요."

"아…… 그래요? 그런데 왜 갑자기 자유로워지기로 한 거예요? 지금은 자유롭지 않아요?"

"지금까지 자유로움에 대해 진지하게 생각해본 적이 없어요. 그냥 주어진 상황에 따르며 지냈어요. 중고등학교 때는 공부를 해야 했고, 대학교에 들어가선 친구들과 어울려 조금 놀았고, 다른 친구들이 취업 준비를 하니까 저도…… 그러다 보니 어느새 시간이 다 갔어요. 다행히 회사에 취직이 되었고, 그 이후로는 적응하느라 바빴죠. 회사에 적응하고 나니까 언젠가부터 중요한 걸 놓쳐버린 것 같은 기분이 들었어요. 마음이 텅 텅 빈 것 같아서 어디 마음 둘 데가 없었어요. 그러다 당신을 알게 되었는데, 나와는 다른, 완전히 딴 세상 사람 같았어요."

"무슨 말인지 알겠는데. 저 솔직히 안 자유로운데……."

"아니에요. 당신은 충분히 자유로워요. 그걸 당신만 모를 뿐이지."

"내가 출근을 안 하고 여행을 자주 길게 다녀서 그렇게 생각하는 건 아닌가요?"

"물론 그것도 이유이긴 하지만 그게 전부는 아니에요. 솔직히 당신이 적은 나이는 아니잖아요. 그런데 아직도 하고 싶은 대로 행동하고 살잖아요. 우리 회사 부장님하고 나이도 엇비슷한데 우리 부장님하고는 완전히 달라요. 그렇다고 자기 자신을 다스리지 못하는 것도 아닌 것 같고, 그러면서도 자유로

17

살아간다

워 보여요."

당신과 대화를 나누면서 그다지 생각해본 적 없는 내 삶에 대해 생각해봤다. 나는 확실히 내 방식대로 살아왔다. 하고 싶은 일은 웬만하면 하려 했고, 할 수 없다는 생각이 들면 쉽게 포기했다. 솔직히 별다른 재주 같은 건 없었다. 남들 다 하는 공부에도 소홀했고, 또래 친구들이 그렇게 좋아하는 스포츠도 싫어했다. 나는 늘 다른 것에 정신이 팔려 오롯이 하고 싶은 것만 했다. 그건 음악 듣기와 책 읽기였다. 내게는 그것이 더 맞는 것 같았다. 물론 거기에 내 미래가 있을 거라고는 생각하지 못했다. 앞날에 대한 원대한 계획이 있어서 그랬던 건 아니었다. 음악을 듣거나 책을 읽으면 지겨운 시간들이 빨리 지나갔다. 그땐 지겨운 시간들이 나를 빈틈없이 둘러싸고 있었지만 책과 음악 덕분에 미쳐버리지 않고 견딜 수 있었다. 그 시간들이 쌓여 지금의 내가 되었다.

나는 스스로 자유롭다고 생각한 적이 없었다. 오히려 조금 비겁하다고는 생각했다. 하지만 나의 비겁함이 다른 사람에게 피해를 끼치는 건 아니니까 그냥 이대로의 모습으로 살고 있다. 그런데 이런 내가 자유롭다고 하니 부담스러웠고, 어쩌면 다른 사람들도 나를 그렇게 볼 수 있겠다는 생각도 들었다. 그래서 당신에게 어색하게 웃어 보일 수밖에 없었다.

내가 자유롭다는 말에 긍정도 부정도 하지 않았지만 당신에게 말해주고 싶었다. 자유로워진다는 건 현실에 무심해지는 것이고, 조금은 뻔뻔해져야 하는 일이기도 하다. 남의 시선에서 자유로워야 하니까. 후회도 미련도 없어야 한다. 선택했다면 어면 결과가 펼쳐지든 운명처럼 묵묵히 받아들여야 한다. 그리고 매 순간 생각하기보다는 느끼는 편이 현명하다. 머리로 생각하기 시작하면 방향이 정해진다. 바보가 아닌 이상 누구나 가능한 한 최고의 선택을 하려 한다. 최고의 선택이란 자신도 세상도 가능한 한 피해를 입지 않는 상태이며, 그 누구에게도 피해를 끼치지 않는 상태이다.

마지막으로 나는 자유로움이 쓸쓸한 거라고 생각한다. 내 가족, 친구, 내가 알고 있는 사람들이 자유롭지 않은데 혼자 자유로워봐야 의미가 없다.

사실 나는 자유롭지 않다.

그저 내 새장에는 작은 문이 열려 있고, 그곳을 통해 나갔다가 다시 새장 안으로 돌아오는 방법을 알고 있을 뿐이다.

나처럼 자유로워지고 싶다는 당신에게 말해주고 싶었다.

19

'당신의 새장은 원래부터 열려 있었고,
그 밖으로 자유를 찾아 날아가는 건 당신의 진심입니다.'

살아간다

가보지 않은 길

무엇이 되지 않더라도

봄이 시작되고 처음 맞이하는 주말이었을 것이다. 겨우내 한 적하기만 했던 정비소에 차들이 가득 주차되어 있었다. 아침에 출근하고 한 번도 쉬지 못해서, 흘린 땀과 어디선가 묻은 기름에 작업복이 여기저기 얼룩져 있었다. 그래도 오랜만에 맞은 바쁜 날이라 조금은 들떠 있기도 했다.

그곳에서 일한 지 다섯 달이 다 되어가고 있었다. 열여덟 살이었던 나는 실습을 나와 있었다. 공업계 고등학교에서는 전공과 관련해 반드시 몇 개월간 실습을 해야 했다. 자동차정비과인 나는 정비소가 실습 장소였다.

자동차 정비 2급 자격증이 있긴 했지만, 그렇다고 처음부터 정비를 할 수 있는 건 아니었다. 실습생 자격으로 정비소 선배들이 필요로 하는 공구들을 찾아다 주거나 손님을 접대하거나 청소를 했다. 매일 선배들에게 자동차 각 부분을 수리할 때 필요한 공구의 사이즈라든가 수리 기술을 배워나갔다.

일은 나쁘지 않았다. 오히려 학교 수업을 받지 않아도 돼서 그저 재미있기만 했다. 다만 여름에는 미친 듯이 덥고 겨울에는 손이 늘 얼어 있을 정도로 너무 추운 게 문제였다. 그리고 기계 만지는 일을 하다 보니 머리부터 발끝까지 늘 기름이 묻어 있었다.

당시 내 꿈은 대학에 가는 게 아니라 또래 친구들보다 먼저 사회에 나와 상자 속 같은 사무실에서가 아니라 나만의 기술을 가지고 일하면서, 듣고 싶은 음악을 마음껏 들으며 사는 것이었다. 그래서 공업계 고등학교를 선택했다. 내 꿈은 다른 아이들에 비해 명확했고 이루는 방법이 확실했다. 관련 자격증을 따고 취업을 하면 바로 이룰 수 있는 것이었다. 그러면 좀 더 빨리 자리를 잡아 나름대로 만족할 만한 삶을 살 수 있을 것 같았다. 무엇보다 내 실력으로는 대학에 들어가지 못할 걸 알면서 남들 들러리를 서고 싶지는 않았다. 만약 대학을 목표로 고등학교에 진학하면 내 미래는 정말 답이 없을 것 같았다. 글을 쓰며 살고 있는 지금과는 전혀 다른 방향이었지만, 분명 그건 지금 생각해봐도 영리한 선택이었다.

그날은 무척 바빴다. 엔진오일 교환이라든가 각종 소모품 교체 같은 비교적 간단한 일들은 내가 처리했다. 정신없이 엔진오일을 갈고 워셔액을 채우고 타이어 공기압을 점검했다. 내가 진짜 자동차 전문가가 된 것 같아 힘들기보다는 즐거웠다. 그녀를 본 건 은색 차의 엔진오일을 막 갈고 차 밑에서 기어 나왔을 때였다. 그녀는 초등학교 때 같은 반 친구였다. 그때는 꽤나 친했지만 서로 다른 중학교에 들어가면서 우리는 연락이 끊겼다.

친구도 날 알아봤다. 조금 놀란 눈치였다. 친구의 표정은 '네가 왜 거기서 나와?'라고 말하는 것 같았다. 우리는 어색하게 인사를 나눴다. 나는 손이 기름 범벅이어서 어찌해야 할지 몰랐다. 잠시 침묵이 흐르고 나서야 이야기를 나누었다. 나는 손에 묻은 기름을 작업복에 대충 닦아냈고, 친구는 같이 온 엄마를 불렀다. 친구의 어머니는 어릴 때 몇 번 뵌 적이 있었다. 한번은 함박스테이크를 해주셨는데, 그게 내가 태어나서 처음으로 먹어본 함박스테이크여서 아직도 그분을 기억하고 있었다.

무엇이 되지 않더라도

그녀의 어머니는 나를 잘 기억하지 못했다. 그보다 자기 딸과 나이가 같은 내가 왜 여기서 일하고 있는지 궁금해했다. 학교를 다니지 않는다고 오해하시는 것 같아 나는 지금 실습 중이라고 말씀드렸다.

그때 나는 부끄러움을 느꼈다. 지저분한 내 작업복이, 기름으로 얼룩진 손이, 그리고 나의 소박한 꿈이…….

그 후 우리가 무슨 이야기를 나누었는지는 기억나지 않는다. 지금이라면 아무렇지 않았을 텐데, 나름대로 예민한 열여덟 살 시절의 나는 내 처지가 부끄러워 머릿속이 하얘졌고 온몸이 덜덜 떨렸다. 친구와 그 어머니가 떠난 뒤에도 부끄러움은 사라지지 않았다.

나는 자존심이 상했고, 내가 섣불리 미래를 결정한 게 아닌지 고민했다. 어머니와 아버지 생각도 했다. 두 분은 내가 공업계 고등학교에 진학하는 걸 무척 반대하셨다. 내가 남들처럼 대학에 가길 원하셨다. 설령 가지 못하더라도 노력은 해봐야 한다고 하셨지만 나는 결국 내 뜻대로 진로를 결정했다.

친구를 만난 그날, 부모님께 미안했다. 인생은 온전히 나만의 것이지만, 내가 그 인생에서 함께 살아갈 사람들도 배려해야 한다는 걸 알게 되었다.

얼마 후 나는 실습을 그만두고 대학에 가기 위해 공부라는 걸 시작했다.

만약 그날 느꼈던 감정을 그냥 흘려보내고 내가 진짜 자동차 정비 기술자가 되었다면 어땠을까? 지금의 내 모습에 100퍼

센트 만족하는 건 아니지만 가보지 않은 길에는 항상 미련이
남는 법이니까. 지금과 다르게 살고 있을 내 모습이 궁금하다.
어쩌면 지금보다 더 괜찮은 인간이 되었을지도 모를 일이다.

그건 참으로 완벽한 순간이겠지

비 오는 날에는 이래야 한다.

내가 편애하는 너를 만나

하루 종일 침대에 머물면서

창밖으로 내리는 비를 바라보며

같이 멘솔 담배를 나눠 피우며

빌 에반스Bill Evans의 잘 다려진 와이셔츠같이 깔끔한 피아노 연주를 들어야 한다.

멜로디는 방 안 공기 중에 푹푹 퍼지고

담배 연기는 흐릿한 방 안에 가만히 흩어지다 곧 사라진다.

그건 참으로 완벽한 순간이겠지?

햇살이 좋은 날에는 이래야 한다.

한가한 시립 도서관 서가에서 제목이 멋진 책을 펴고 폼 잡고 읽어야 한다.

물론 글자는 눈에 들어오지 않겠지만

그래도 책을 앞에 펴놨다는 사실에 스스로 뿌듯하겠지.

정숙한 도서관에 앉아 햇살에 기울어지는 그림자를 보고

꿉꿉한 책 내음을 맡고 누군가 신경질적으로 책장 넘기는 소리를 들으면

무엇이 되지 않더라도

잠시 세상이 나만 비켜 지나가고 있다는 사실에 안도할지
도 몰라.
　　그건 참으로 평온한 순간이겠지?

　　그런데,
　　아무리 오래된 흑백영화 화면처럼 비가 내리고
　　아무리 햇살이 쨍하게 비쳐도
　　오늘은 그날이 아닌 것 같다.
　　왜냐하면 그러기에 우리는 너무 바쁘다.
　　난 미루고 싶은 약속에 어쩔 수 없이 가야 하고
　　넌 늘 그렇듯 일을 해야 하니까.
　　아무리 비가 오고 햇살이 비치는 날이 와도
　　우리는 원하던 완벽하고 평온한 순간을 가지지 못한다.
　　그러기에는 아껴뒀던 월차가 더 이상 남지 않았으니까.
　　하지만 언젠가 우리에게 한가한 날이 찾아오면
　　늘 입으로만 떠들던 완벽한 순간을 가져보자.

살아간다

나 같은 사람만 있다면

건방진 이야기지만 세상은 늘 내 마음 같지 않았다.

브레히트의 연극처럼 부조리하고, 안타까운 죽음들이 자주 일어나고, 뻔뻔하고 못돼먹은 사람들로 넘쳐난다. 착하게만 살기는 참으로 힘들다.

나는 이해가 잘 안 된다.

세상에 종교가 그렇게 많고 그 종교들에서 말하는 심판의 날이 분명 존재하는데, 왜 그 많은 신들이 이 세상과 사람들을 이대로 내버려두는지 알 수가 없다. 이 정도로 엉망이면 지금 당장 심판의 날이 와도 될 것 같은데, 아무도 아무런 벌도 받지 않고 책임도 지지 않는다는 게 말이다.

모처럼 만난 그녀에게 사람들은 다 별로라고 말했다.

그녀는 딱히 날 보지 않은 채 뭐가 그렇게 불만이냐고 물었다.

"사람들이 모두 나 같지 않으니까!" 나는 말했다.

그녀는 내 오만한 말에 그러거나 말거나 하는 표정으로 영수증을 곱게 접어 기린을 만들고 있었다. 참고로 그녀의 기린은 사슴처럼 보이지만 꽤 귀여웠다.

"나 같은 사람만 있으면 세상이 지금 같지는 않을 거야. 난 무신경하긴 하지만 적당히 친절하고 나름 휴머니스트잖아, 음……

또 뭐가 있지? 넌 오랫동안 나랑 알고 지냈으니까 알잖아. 내가 그래도 꽤 괜찮은 사람이란 거. 내 장점 생각나는 거 없어?"

내가 생각하는 내 장점을 몇 가지 나열하다 그녀의 동의를 얻기 위해 물었다. 그녀는 이제 기린의 다리를 접으며 말했다.

"유머 감각을 빼지 마."

"그래. 난 유머 감각도 있어! 거봐! 사람들이 조금이라도 나랑 닮은 구석이 있다면 세상이 지금처럼 엉망은 아닐 거야."

나는 힘주어 말했다.

점점 커지는 빈부 격차나 실업난. 지구 온난화로 굶어 죽어가는 가여운 북극곰의 생태계. 그리고 균형을 잃은 동북아 정세를 걱정하느라 잠까지 못 이룰 정도로 내가 강성이 아니라는 건 나도 알고 그녀도 알았다.

하지만 나는 요 몇 년 동안 촛불 혁명을 경험하고 사회 인문서를 읽으며 조금이나마 정치적으로 각성을 했다. 그리고 알게 되었다. 옛날에는 정치가 엉망이고 경제가 아무리 나빠도 내게는 피해가 없었다. 하지만 지금은 그런 문제가 일어나면 그 피해가 나 같은 개인에게까지 도미노처럼 전해진다는 걸 이 나이가 되어서야 알게 되었다.

그녀에게 물었다.

"그런데 유머 감각. 그게 지금 시대에 뭘 어쩐다는 건데?"

그녀가 날 바라보며 말했다.

"전에 말하지 않았어? 내가 생각하기에 인간이 추구하는 가치 중 최고는 유머 감각이라고. 이상도 그렇고 카뮈도, 피카

소랑 가우디도 그래. 유머는 인간이 가진 최고의 가치야. 내가 생각하기에는 지금 사람들에게 필요한 건 유머와 적당한 무관심인 것 같아."

그녀의 말처럼 사람들은 유머 감각을 잃어버린 것 같다. 모두가 심각한 얼굴을 하고 있고, 조금만 빈틈을 보이면 가르치려 들거나 자신과 다르다고 해서 공격하려 한다.

그래도 나는 재밌게 살고 싶다. 아무리 세상이 별로여도 유머를 잃지 않고 살고 싶다. 무라카미 류가 소설 『식스티 나인』 마지막 장에 썼듯이, 즐겁게 사는 것이 우리가 세상에 할 수 있는 최고의 복수라는 말에 나는 전적으로 동의한다. 그렇다면 앞으로 어떻게 하면 유머를 잃지 않고 살 수 있을까?

이런 고민을 하고 있을 때 그녀가 영수증을 접어 완성한 기린을 보여줬다. 볼펜으로 그린 기린의 눈은 웃고 있었다. 그 미소는 나와 유머가 통하지 않는 세계를 따뜻한 미소로 바라보고 있었다.

상처받은 곰처럼

.

서른여섯 시간을 내리 잤다.

꿈도 꾸지 않았고, 화장실에 가거나 뭔가를 먹기 위해 깊은 잠 구덩이를 벗어나지도 않았다. 깨우는 사람도 없었다.

때때로 몸이 아프거나 마냥 회피하고 싶은 일이 생기면, 상처 받은 곰이 동굴로 기어 들어가 회복을 기다리며 끝도 없이 자 는 것처럼 나도 그렇게 자곤 한다. 이렇게 자고 일어나면 내 게 닥친 문제나 내가 받은 상처들이 조금은 아무는 것 같다. 이번에도 그럴 거라 믿고 잠을 잤다.

그녀는 나를, 나는 그녀를 사랑하고 있다고 믿었다. 살아오면 서 사랑에 가까운 관계들은 있었지만 이번에는 확실히 달랐 다. 누군가와 같이 살고 싶다고 생각한 건 이번이 처음이었다. 언제나 나는 나를 너무 사랑했다. 그래서 관계에서 내가 제일 우선이었다. 그런데 그녀와 함께하면서 나 자신보다 그녀를 먼저 생각하고 배려하는 나를 보았다. 이런 놀라운 변화가 나 스스로도 어색하고 부끄러웠다.

사람들이 말하는 사랑이란 게 이런 건지도 모른다는 생각에 내가 할 수 있는 배려와 표현을 아끼지 않았다. 마치 그동안 받기만 하던 배려와 이해를 그녀에게 한꺼번에 갚는 것처럼.

그녀와 나는 태생부터 취향까지 거의 모든 것이 달랐다. 그동안 나는 취향도 하는 일도 비슷한 상대를 만났었다. 음악을 하거나 디자인을 하거나 그림을 그리는 등 자신의 영감을 손으로 만들어내는 직업이거나 책이나 영화, 그리고 음악 같은 문화적 취향이 비슷하거나, 사소하게는 고양이를 한 마리 정도 기르는, 라이프 스타일이 비슷한 사람들이었다. 대부분 프리랜서였다.

그런데 그녀는 달랐다. 4대 사회보험에 가입한 회사에서 일하고 정해진 보수를 매달 받았다. 성격과 취향은 은근히 보수적이고 스스로에게 엄격했다. 그녀가 공전주기와 자전주기를 가진 행성이라면 나는 떠돌이 혜성 같았다.

이렇게 다른 우리가 예측할 수 없는 우주의 규칙에 의해 기적적으로 조우하게 되었다. 그리고 사랑에 빠졌다. 그녀를 만나 나는 떠돌이 혜성에서 그녀를 축으로 안정적인 궤도를 그리는 위성이 되었다. 그녀로 인해 나는 같은 시간에 아침을 맞이하고 같은 시간에 달을 바라보게 되었다. 그녀와 함께라면 모든 것이 아름다웠고, 예전과 달리 모든 것이 안정적이고 규칙적이 되었다. 나는 그녀의 말을 듣는 것이 좋았고, 그녀 또한 내가 보여주고 들려주는 것을 진심으로 대했다.

얼마 지나지 않아 내가 찾던 사람이 그녀일 거라고 믿었다. 물론 그녀에게도 내가 그런 존재인지는 확신할 수 없었지만, 그녀도 나라는 존재를 자신을 행복하게 해줄 상대로 생각하는 것 같았다.

지금 와서 생각해보면 내 오만한 착각이었다.

서로 다른 두 세계가 만나 하나의 세계로 공존한다는 건 애초부터 불가능에 가깝다. 어쩌면 그녀와 나는 그걸 알고 있었을 것이다. 그럼에도 이번에는 다를 거라 믿었던 것 같다.

우리는 서로의 다름을 인정하려 했지만 끝내 그러지 못했다. 그러기에는 살아온 방식이 서로 너무 달랐고, 그렇게 지낸 시간이 길었다. 그녀가 보기에 난 너무 자유로워서 불안정해 보였다. 그녀도 자유와 모험을 원했지만, 평생 안정 속에서만 살아온 그녀가 보기에 나는 무모해 보였던 것 같다.

결국 헤어졌다. 나는 함께하자고 그녀를 설득하지 않았고, 헤어져야 하는 상황을 그저 받아들였다. 물론 그녀를 사랑했고 그녀와 함께하고 싶었다. 하지만 내가 정말 달라질 수 있을지 확신할 수 없었다. 어떤 식으로든 변할 수는 있겠지만, 전혀 다른 인간이 되고 싶지는 않았다. 나는 비록 불안정하고 이 세계를 살아가는 데 적합한 인간은 아니지만, 고집인지 아니면 운명인지 그저 지금처럼 자유롭게 살아가고 싶었다.

시간이 더 지난 뒤에 후회해도 좋다.

변하지 않은 나를 스스로 원망해도 좋다.

그녀를 설득하지 않은 이 순간을 후회하며 살아가도 좋다.

어쩌면 나는 세상 그 누구보다 어리석게 나 자신을 사랑하는지 모른다. 그래서 내 불안함과 대책 없는 자유로움에 만족하는지도 모른다.

하지만 어쩌겠는가? 나는 인생의 모든 시간을 이런 식으로 살아왔고, 그 시간을 통해 이런 내가 된 것이다.

그저 그녀에게 이렇게 말하고 싶다.

"이런 나라서 미안."

무엇이 되지 않더라도

다시 침대로 가고 싶다. 그토록 잤지만 아직도 마음이 얼얼하다. 이럴 땐 상처받은 곰처럼 굴 안으로 기어 들어가 상처가 아물 때까지 자는 것이 내가 알고 있는 가장 효과적인 방법이다. 다시 자고 일어나면 모든 감정이 무뎌져 조금 더 편안해진 내가 되어 있길.

살아간다

나의 하루는

내가 일주일에 7일, 하루도 빼놓지 않고 아침 다섯시 전에 일어난다고 하면 나를 아는 사람들은 절대 믿지 못한다. 이제까지 내가 그렇게 부지런하고 착실하게 살아온 인간으로 보이지 않았기 때문일 것이다.

내 인생을 가장 대표적으로 설명하는 단어는 '잠'이다. 잠은 나의 자랑이고 휴식이었으며, 다른 한편으로는 나의 약점이기도 했다. 그런 내가 새벽에 일어나기를 거의 4년 가까이 해오고 있다는 건 정말 기적 같은 일이다.

특별히 할 일이 있어서 그 시간에 깨는 건 아니다. 알람을 맞춰놓고 일어나는 것도 아니다. 그 시간쯤 되면 저절로 눈이 번쩍 뜨인다.

그렇다고 일찍 잠자리에 드는 것도 아니다. 저녁 아홉시에 자나 새벽 두시에 자나 항상 그 시간에 일어난다. 피곤할 만도 하지만 하루 중 그 시간에 컨디션이 가장 좋다. 몸이 가볍고, 무엇보다 머리가 맑다.

나의 아침은 교과서에 실릴 법할 정도로 알차다.

방을 청소하거나 갖가지 집안일을 한다. 이른 시간이라 세탁기나 청소기를 돌리지는 않는다. 이불과 시트를 갈거나 옥상에서 터는 정도이다.

잠이 덜 깬 고양이의 귀를 청소해주고 털도 빗겨준다. 모리씨는 처음에는 엄청 귀찮아했지만 지금은 나와 같이 일어나서 움직인다. 그리고 공들여 샤워를 하고 밖으로 나온다.

연남동 공원이나 골목을 산책한다. 이따금 배가 고프면 24시간 백반집에 들어가 그 시간까지 술을 마시는 사람들 틈바구니에서 이른 아침을 먹기도 한다.

그래도 여전히 이른 시간이다. 카페는 대부분 열지 않았다. 우선 모모뮤로 가서 문을 열어 환기를 시키고 음악을 틀어두고 청소기를 돌린다.

아침 여덟시 정도가 되면 카페 '꼼마'에 간다.

'꼼마'는 연남동에서 가장 일찍 문을 여는 카페이다. 그 시간, 카페 안으로 들어오는 햇살이 참 좋다. 큰 창이 있는 테이블에 앉아 온갖 일을 한다. 글을 쓰거나 책을 읽기도 하고, 인터넷 쇼핑을 하거나 뉴스 기사를 검색하기도 한다.

그중 내가 제일 좋아하는 건 직장인들이 출근하는 광경을 지켜보는 것이다. 단정하게 차려입고 덜 마른 머리카락을 날리며 출근하는 사람들은 상쾌해 보이고 한편 존경스럽기까지 하다. 본인들은 괴로울지 몰라도 그 모습을 매일 지켜보는 나에게는 꽤나 감동적인 광경이다. 비가 오나 눈이 오나 오늘같이 햇살이 찬란하나, 그들은 어김없이 가야 할 방향으로 부지런히 걷는다.

그 광경을 지켜보다 이제 나의 하루가 본격적으로 시작된다.

일찍 일어나기 시작하면서 나는 늦은 저녁에 약속이나 일을 만들지 않는다. 일찍 일어나야 해서가 아니라 밤까지 일을 하면 하루가 너무 길기 때문이다.

내가 일하는 시간은 오전 다섯시부터 오후 다섯시까지다. 그 이후에는 책을 읽거나 노래를 듣거나 오로라와 동네 산책을 다니는 등 개인적인 시간을 보낸다.

내가 이른 아침에 일어나는 건 부지런해지기 위해서가 아니다. 그 시간이 하루 중 내가 가장 또렷한 시간이라는 것을 알고, 그 시간에 나를 맞춘 것이다.

나는 진심으로 그 시간을 사랑한다.

그렇게 살고 싶다고 했어

넌 그렇게 살고 싶다고 했어.

어깨가 맞지 않는 낡은 옷을 입은 것이 비참하다 생각하지 않고

담배를 필터 부분까지 야무지게 피워도 부끄러워하지 않고

앞으로 어떻게 될지 모르지만 열 살 연하의 여자친구를 사랑하며

주머니 속 구겨진 지폐 몇 장에 초라해지지 않고

너를 게으름뱅이라고 몰아세우는 아버지를 그래도 이해하며

지금도 행복하지만 내일은 더욱더 행복해질 거라는 믿음을 가지고

정오의 햇살에 반짝이는 비눗방울처럼 바람 안에서 춤추듯 휘날리며

넌 그렇게 살고 싶다고 했어.

난 이렇게 살고 싶다고 했어.

목적도 없이 가던 길을 잃어 조금 더 돌아가더라도 조급해하지 않고

아무리 달려도 늘 제자리일지라도, 이미 자리 잡은 친구들과 비교해 내가 초라해도 주눅 들지 않고

무엇이 되지 않더라도

이뤄지지 않을지도 모르는 꿈을 악착같이 잡고 늘어지며
내가 하는 일이 정확하게 무엇을 위한 것인지 모르지만
그래도 나 자신을 의심하지 않고
난 그렇게 살고 싶다고 했어.

비록 지금 우리는 이렇게 초라하고
앞으로도 계속 이런 식으로 대책 없이 살아갈지도 모르지만
모두 우리가 선택한 것이니까
후회하지 않고 지치지 않고 의심하지 않으며
우리는 그렇게 잘 살고 싶다.

살아간다

해본 적 없지만 할 수 있는 일

새벽 네시. 세상은 여전히 어둠 속에 가려져 있다. 골목을 헤
매는 길고양이조차 없다. 도로는 텅 비었고 그 위를 택시들이
정처 없이 질주한다. 편의점 조명만이 등대처럼 어둠을 밝히
고 있을 뿐이다. 간혹 때가 맞으면 꽉 찬 달이 빌딩에 걸쳐 있
는 걸 볼 수도 있다.

카페 문을 열고 들어가면 낮에는 느낄 수 없는 적막이 짙게 깔
려 있지만 나는 이내 기계음으로 그 적막을 몰아낸다.

기계음을 만들어내는 4인치 벨트 머신은 누가 발명했는지 참
야무지게 생겼다. 멋을 부릴 법도 한데 군더더기 하나 없이,
오로지 그 기계가 만들어질 때 부여한 갈아내는 임무에 충실
한 장치들만 있다.

내가 칼을 갈기 시작한 건 1년 전이었다. 인터넷에서 북유럽
의 대장장이가 칼을 만드는 영상을 보았다. 나는 그날로 수제
칼을 만드는 일에 빠졌다. 물론 영상에서는 네 가지 다른 재질
의 쇠를 화로에 녹여 망치로 두드리고 갈아서 칼을 만들었지
만, 비전문가가 그런 방식으로 칼을 만들기는 현실적으로 어
렵다. 대신 나는 이미 가공된 쇳조각을 벨트 머신으로 깎아내
모양을 만들기 시작했다.

특별히 칼에 관심이 있거나 칼이 딱히 필요한 건 아니다. 그저

몸을 움직이고 집중할 일이 필요했다. 여름밤에 폭죽이 번쩍이듯 사방으로 불꽃을 튀기며 쇳조각을 갈아 모양을 잡고, 그렇게 잡은 칼 모양을 칼날이 설 수 있게 매끄럽고 날카롭게 가는 일이 그저 재미있었다.

일찍 일어나기 시작하면서 나는 늘 할 일을 찾았다. 처음에는 글을 쓰거나 책을 읽었고 그림을 그리기도 했다. 그러나 좀 더 새로운 일을 하고 싶었다. 한 번도 해본 적 없지만 어쩌면 할 수 있는 일 말이다.

내게는 꿈이 있다. 더 나이가 들면 내 손으로 뭔가를 만들어내는 공방을 하나 차리고 싶다. 무엇을 만들지는 아직 정하지 않았지만, 칼을 가는 일처럼 반복적으로 몸을 움직이는 일이면 좋겠다. 그런 일을 하며 겸손하고 소박하게 살고 싶다.

내가 좋아하는 비트 제너레이션 작가들은 노후에 글을 쓰기보다는 몸을 움직이는 일로 마음을 다스렸다. 나도 그들처럼 그런 시간을 가지며, 해본 적 없지만 할 수 있는 일을 찾아 소소하게 살아가고 싶다.

살아간다

누가 뭐라 해도 다리 찢기

운동을 싫어한다. 우선 재능도 없고, 일부러 땀을 흘리는 것도 싫어서다. 어릴 때도 누구나 하던 야구나 축구, 농구를 하지 않았다. 체육 시간이면 운동장 구석의 정글짐에 앉아 나와 비슷한 아이들과 노닥거리는 게 더 좋았다. 심지어는 모두가 열광하는 국가 대항 경기에도 별로 관심이 없다.

건강관리를 하는 동시에 차오르는 뱃살을 처리하기 위해 헬스를 끊고 PT도 받아보고 달리기도 해봤지만 한 달을 채운 적이 없다. 나는 운동을 하는 행위 그 자체보다 운동하러 가는 번거로움이 너무 싫다. 그저 과학이 빨리 발전해서 건강해지는 약 같은 게 개발되기를 바랄 뿐이다.

그래서 '언젠가' 혹은 '적당한 때가 오면' 하자는 생각으로 운동을 미루기만 하던 중, 중국의 남쪽 끝에 있는 섬 하이난에서 다리를 일자로 찢는 아저씨를 보았다. 나이가 들면 당연히 몸이 뻣뻣해져서 다리 벌리기는 불가능할 거라 생각했는데, 다리를 일자로 쭉 찢는 모습을 보고 나는 몹시 감동받았다. 그는 평범한 동네 아저씨 같았지만 내가 본 그 어떤 남자보다 멋지고 대단해 보였다. 다리를 찢으며 세상을 다 가진 듯하던 아저씨의 표정이 잊히지가 않는다. 그동안 다리 찢기는 무용가나 아이돌 가수, 김연아, 손연재 같은 선수들이나 할 수 있는 줄 알았는데, 나와 비슷한 체구의 중년 남자가 다리 찢는 모습을 본 이후로 나는 일자로 다리 찢는 것에 열광하게 되었다.

요즘은 일어나자마자 꾸준히 다리 찢기 수련을 한다. 요가 매트를 펴고 인터넷으로 '다리 찢는 법'을 알려주는 동영상을 보면서 동작을 차례대로 따라 한다.

아직 180도로 벌리진 못한다. 그래도 막 시작했을 때는 90도 벌리기도 어려웠는데 지금은 110도 정도는 벌릴 수 있게 되었다. 혼자서 하다 아무래도 뭔가 부족한 것 같아 요가 스튜디오에 다니며 다리 찢기 비법을 전수받아 매일 수련 중이다. 하루도 빠짐없이 요가를 하고 혼자서 다리 찢기를 한다. 이 시간은 내가 가장 집중하는 시간이자 혼신의 힘을 다하는 시간이다.

내가 다리 찢기에 열광하는 건, 지금까지 머리나 마음을 쓰는 일만 했지 내 비루한 몸으로 뭔가를 이뤄본 적이 없어서다. 그래서 내게 다리 찢기는, 단순히 다리를 일자로 벌려 척추를 바로 세우고 몸의 근육을 팽팽하게 늘여 건강하고 바른 몸을 가지는 것만 의미하는 것이 아니다. 다리 찢기 그 자체는 육체적인 한계를 넘어 정신적인 만족감을 준다.

사람들은 시간이 오래 걸릴 거라고 했다. 요가 선생님도 무리하면 오히려 몸의 균형을 해칠 수 있다고 조언했지만, 내 목표는 누가 뭐라 해도 가능한 한 빠른 시간 내에 완벽하게 다리를 찢는 것이다.

영화나 만화를 보면 주인공이 복수를 하기 위해 비가 오나 눈이 오나 단련하고 결국 그 비법을 터득해 목적을 이루는 것처럼. 나는 복수까지는 아니지만 내가 할 수 있는 최선의 노력을 다해 그 목표를 반드시 이루고 싶다. 다리를 완벽하게 찢는 날이 오면 사람들에게 책을 선보일 때와는 다른 만족감을 얻을 것이다.

누군가는 내가 다리 찢기를 대단한 일로 미화하면서 그저 그런 헛된 꿈을 품고 있을 뿐이라고 생각할 수도 있다.

하지만 누가 뭐라 해도 나는 반드시 멋지게 다리를 찢을 것이다. 시간이 얼마나 걸릴지 모르지만. 결국 그날이 와서 하이난의 아저씨처럼 다리를 곧게 벌리고 세상을 다 가진 표정을 지어보고 싶다.

무엇이 되지 않더라도

너도 투자해보면 세상을 알게 될 거야

첫 아르바이트는 초등학교 6학년 때 동네 친구들과 부동산 명함을 돌린 일이었다. 매주 토요일에 친구들과 집집마다 돌아다니며 문틈에 명함을 끼워놓았다. 그때 얼마를 받았는지는 기억나지 않는다. 아마 몇천 원 정도 받았을 것이다. 그 돈을 몽땅 털어 친구들하고 지우개를 샀다. 왜 군이 지우개 따위를 샀는지 어이가 없지만, 당시에는 학교에서 '지우개 따먹기'가 유행이었다. 지금에 와서 생각해보면 누가 지우개를 많이 가지고 있는지에 따라 승리가 좌우되었기에 우리는 지우개를 엄청 많이 샀고, 학교에서 제일 잘나갔다.

중학교 1학년 여름방학 때부터 겨울방학 전까지 했던 석간신문 배달이 내가 기억하는 두 번째 아르바이트다. 처음에는 친구들과 함께 했지만, 친구들은 저마다의 이유로 그만두고 나 혼자서만 하게 되었다. 수업이 끝나고 학교 근처에 있는 고덕주공아파트에 300부 정도를 돌리는 일이었는데 그다지 힘들진 않았다. 그 일로 매달 7만 원을 받았다. 지금 생각해보면 노동력 착취가 분명하다. 그러나 다 지난 일이다. 월급을 받으면 3만 원은 엄마에게 드렸다. 나머지 4만 원은 내가 평소에 갖고 싶었던 카세트테이프와 《핫뮤직》 같은 음악 잡지를 사는 데 썼다. 엄마에게 돈을 드린 건 왠지 그래야 할 것 같아서였다. 그때마다 엄마가 뿌듯해하시는 모습이 좋았다. 아버지는 당연히 내가 아르바이트하는 걸 모르셨다. 알면 반대하셨을 거다. 하지만 엄마는 내가 하는 일을 거의 이해해주셨고 늘 내 입장에서 생각하려 하셨다. 엄마의 이런 자유로운 성향 덕분에 나는 또래 아이들에 비해 다양한 경험을 할 수 있었다.

대학교 4학년 때 첫 직장에서 가수 매니저로 일하기 전까지 시간이 날 때마다 닥치는 대로 일을 했다. 비디오 대여점, 분식점, 사진관, 세차장, 자동차 정비소, 음반 가게 등에서 일하기도 하고, 도시락 배달도 하고, 공장 청소나 설문지 조사를 하기도 하고, 카페 직원, 홍대 공연장 스태프, 무대 스태프, 그리고 음반 해설지나 음악 잡지의 외부 필자로 일을 했다.
또래 친구들에 비해 돈에 대한 집착이 컸다고도 할 수 있고, 그들에 비해 경제관념이 조금 성숙한 편이었다고도 할 수 있다. 학비는 부모님이 내주셨지만, 하고 싶은 일이나 사고 싶은 것을 위해 직접 벌어서 어느 정도는 돈을 보태야 했다. 그렇다고 우리 집이 가난했던 건 아니었다. 먹고살 만한, 그저 어디나 있을 법한 평범한 가정이었다.

나는 돈이 없는 것을 두려워한다. 물론 돈이 없어 굶진 않겠지만, 돈이 없으면 나 자신이 초라해지고 자존감이 떨어져 한없이 찌질해진다. 그래서 돈이 없는 게 너무 무섭다. 있으면 있는 대로 없으면 없는 대로 지내는 대범한 친구들도 주변에 있지만, 나는 그렇게 살 수가 없다. 돈이 있어야 여유가 생기고 안정이 된다. 그렇다고 수단과 방법을 가리지 않고 돈을 벌거나 무조건 돈을 아끼는 타입도 아니다.

그저 여유롭게 살고 싶다. 부자가 된다면 좋겠지만 내가 부자가 될 가능성은 크지 않다는 걸 냉정하게 알고 있기에 어느 정도 여유롭게 살 수 있을 정도의 돈을 벌고 싶다. 사람마다 경제적인 여유의 기준은 다르겠지만 내가 생각하는 여유는, 사고 싶은 음반을 사고 여행 갈 때 큰 고민 없이 비행기표를 사는 정도, 그리고 지인들을 만나면 커피 한잔에 디저트 정도는 대접할 수 있는 여유다. 물론 살다 보면 라이카 카메라나 오디오, 자동차, A.P.C.나 마가렛 호웰 코트를 비롯해 구매욕을 자극하는 물건을 발견할 때가 있다. 그럴 때는 고민하다 친구들에게 백 번쯤 물어보며 살지 말지 망설인다. 이런 나를 보며 친구들은 쪼잔하다고 한다. "그냥 한번 질러!"라고 말하지만 안타깝게도 내게는 그런 대범함이 없다. 아마 내게 여유가 생긴다 해도 이런 소심함은 크게 변하지 않을 것이다.

나는 재테크에도 관심이 많다. 그중에서 주식 투자에 관심이 있다. 사람들은 감성적인 글을 쓰고 그리 야무져 보이지 않는 내가 주식을 한다고 하면 다들 경악하지만, 나는 이미 대학교 4학년 때부터 주식 투자를 해오고 있다. IMF가 한창이어서 주식시장이 하루가 다르게 침몰하고 있던 시절에 처음 발을 들였다.

주식을 시작했지만 관련 공부를 많이 한 것도, 경제에 관심이 많았던 것도 아니었다. 삼촌들이 증권회사에 다녔는데, 만나면 주식 이야기를 하는 것이 멋있고 똑똑해 보여서 방학 동안 음반 가게에서 번 150만 원을 가지고 무작정 증권회사에 가서 계좌를 개설했다. 담당자는 적극적으로 나를 말렸다. 내가 너무 무모해 보였던 데다 IMF 때문에 구조 조정, 기업 합병으로 모든 것이 불투명해서 주가가 끝도 없이 폭락했기 때문이었다.

나는 담당자에게 이런저런 설명을 듣다 합병 위험이 가장 높은 금융 회사에 150만 원을 모두 투자했다. 이건 순전히 도박이었고, 담당자는 자신이 이걸 해줘야 할지 모르겠다며 말릴 정도로 위험한 결정이었다.

모 은행의 주식을 산 이후 그동안 전혀 관심 없던 뉴스나 신문의 주식 기사를 매일매일 열심히 체크했다. 물론 거의 이해하지 못했지만 그러는 내 모습이 참 멋지다고 생각했다.

지금 생각하면 그때 난 유난히 철딱서니가 없었다. 하지만 전 재산을 투자한 그 은행은 기적적으로 합병되지 않았고, 나는 두 배 가까운 돈을 벌 수 있었다. 그 수익으로 일본 배낭여행을 다녀왔다.

주식을 하면서 손해도 보고 이익도 봤다. 모두 따져보면 그래도 주식으로 약간의 이익을 본 것 같다. 지금도 주식을 가지고 있지만 예전처럼 열심히 하지는 않는다.

나는 나름대로 주식 투자에 대한 몇 가지 원칙을 가지고 있다.

— 당장 없어도 되는 돈을 투자한다.
— 이익을 보면 원금만 남겨두고 무조건 뺀다.

— 내가 지금 이용하거나 마음에 드는 상품을 만드는 회사에
  투자한다.
— 양적 완화 축소나 종료라는 기사를 뉴스나 신문에서 본다
  면 그게 뭔 말인지 몰라도 무조건 철수한다.

이건 지극히 김동영식 감성 주식 투자법이다. 당신이 경제나
사회에 까막눈이라 해도 자신의 돈을 직접 투자해보면 세상이
어떻게 돌아가는지, 그 안에서 경제가 어떤 식으로 반응하는
지 어렴풋이 알게 될 것이다.

'너도 투자해보면 세상을 알게 될 거야.'

물론 살아가는 데 돈이 전부는 아니다. 가난해도 마음만 넉넉
하면 된다는 말도 있다. 하지만 솔직히 나는 그런 마음을 지
금도 가지고 있지 않고, 앞으로도 가질 수 없을 것이다. 나는
경제적으로 여유로워야 마음이 넉넉해지고 행복해지는 속물
이다. 그래서 사기나 불법을 저지르는 일이 아니라면 돈을 벌
어서 물질적으로나 정신적으로 여유로운 사람이 되고 싶다.

이런 마음을 가지고 있다 보니 일거리가 들어오면 액수에 대
해 묻는다. 처음에는 돈에 대해 이야기하는 것이 마치 돈을 밝
히는 것 같아 어색했는데, 지금은 그런 문제는 확실히 해야 나
중에 서로에게 좋다는 걸 경험으로 알게 되었다.
"예산은 어느 정도로 생각하시죠?", "그걸로는 곤란한데요"

라고 말해도 부디 내가 돈을 밝히는 사람이라고는 생각하지
않았으면 좋겠다.

그 일이 제 직업이고, 전 그걸로 살아갑니다.
그리고 책만 써서는 도저히 살 수가 없네요.

내가 바람이 되어 이 도시 위로 불고 있다

시동이 한 번에 걸리지 않는 부실한 오토바이를 타고 다닌다. 지난여름까지만 해도 엔진 상태가 이렇게까지 나쁘지는 않았는데, 이번에 두어 달 여행을 가면서 별생각 없이 집 밖에 그냥 세워뒀더니, 돌아와서 타려고 보니 엔진 소리가 영 시원치 않아졌다.

그리고 운 나쁘게 오토바이를 세워둔 곳이 은행나무 밑이라 가을 동안 탱탱하게 익은 은행들이 폭탄이 되어 오토바이로 우수수 떨어져 이곳저곳 얼룩과 특유의 구린 냄새를 남겼다.

어떻게든 시동은 걸리니 엔진은 나중에 점검하기로 하고, 우선 너무 더럽고 냄새가 나서 그냥 타고 다니기 창피한 오토바이를 정성스럽게 닦았지만, 생각처럼 잘 닦이지 않았다. 세제와 클리너로 아무리 닦아내도 은행 얼룩과 두 달 동안 쌓인 먼지는 좀처럼 지워지지 않고 오히려 손댈수록 더 지저분해졌다.

한참을 닦다가 포기해버렸다. 그래서 오토바이는 여전히 더러워 보인다. 오토바이를 보고 주변 사람들이 제발 좀 닦고 다니라고 할 때마다 어떻게 설명할 길이 없어 은행 자국이 절대 안 닦인다고 변명해보지만, 아무도 믿지 않고 내가 게으르다고만

한다. 이렇게 또 하나 배웠다. 오토바이나 자동차는 절대 은행 나무 밑에 두는 게 아니라는 걸.

나는 자동차나 자전거보다 오토바이 타는 걸 진심으로 좋아한다. 햇살 좋은 날 오토바이를 타고 달리면 상쾌하고 기분까지 좋아진다. 도로를 따라 불어오는 바람도 시원하고 엔진에서 몸으로 전해지는 진동도 마음에 든다. 그리고 두 발이 땅에 닿을 것만 같은 짜릿함이 좋다.

오토바이 타는 걸 좋아하는 이유는 무엇보다 오토바이를 탈 때면 내가 바람이 되어 이 도시 위로 불고 있는 기분이 들어서이다.

본격적으로 오토바이를 타기 시작한 건 그리 오래되지 않았다. 물론 고등학교 여름방학 때 도시락 배달용 오토바이를 처음으로 타보긴 했지만, 그 이후로는 탈 일도 없었고 탈 마음도 없었다.

그러다 여행을 다니기 시작하면서부터 교통이 불편한 도시에서 오토바이를 타고 다녔는데, 정말 편하고 여행을 더 여행답게 만들어주었다. 그 즐거움을 알고부터는 여행을 가서 기회가 되면 오토바이를 타려고 한다. 그리고 몇 년 전 홍대로 이사 오면서 생애 첫 오토바이를 샀다.

지금도 타고 다니는 오토바이는 1970년대 혼다 오토바이를 본떠 만든 대만제 오토바이 SYM이다. 가격도 적당하고 모양도 지나치게 빈티지스럽지도 않고, 그렇다고 너무 모던하지도 않은 무난한 디자인이라 이것으로 결정하게 되었다.

오토바이를 매일 타고 다니긴 하지만 사실 오토바이에 큰 관심은 없다. 그래서 엔진 출력이라든가 오토바이 마니아들이 열광하는 브랜드나 모델에도 별로 감흥이 없다. 또 대부분의 바이크 애호가들처럼 손수 정비를 하거나 개조하지도 않는다.

내가 오토바이를 타는 이유는 걷기에는 멀고 차를 운전해 가기에는 번거로울 때 딱 적합하기 때문이다. 여행할 때는 걷는 것을 좋아하고 오래 걸을 수 있지만, 웬일인지 서울에 있을 때는 조금도 걷기가 싫다. 그러면 자전거를 타라고 하겠지만, 허벅지가 터질 듯이 페달을 밟는 건 좋아하지 않는다. 하지만 오토바이는 엔진으로 움직이기 때문에 힘이 들지 않는다. 그리고 빠르다. 또 내 감각으로 기어를 바꿔가며 운전할 수 있어 꽤 재미있다.

물론 오토바이는 자동차보다 위험하다. 겨울에는 미친 듯이 춥다. 비나 눈이 내릴 때는 길이 미끄러우니 타지 않는 게 상책이다. 그리고 세상이 우리같이 이성적이지 않아서 정말 이상한 운전자들이 많아 위험하다. 그래서 무조건 안전하게 타야 한다.

사진 찍는 게 시큰둥해졌습니다

늦은 시간도 아닌데 사방이 금세 어두워졌다. 거리에 쌓인 눈이 가로등 불빛에 반사되어 노랗게 빛나고, 상점들은 문을 닫기 시작할 즈음이었다. 나는 미끄러지지 않으려고 눈 쌓인 길을 조심스럽게 걷고 있었다.

그때 누군가 내 앞에 불쑥 나타났다. 고개를 들어보니 후드티를 뒤집어쓴 남자였다. 왜 내 앞을 가로막는지 나는 영문을 몰랐다. 사실 너무 추워서 별생각이 없었다.

그가 뭐라고 짧게 말했다. 러시아 말이었기에 당연히 무슨 말인지 몰라 그를 바라봤다. 그가 더 퉁명스럽게 다시 한 번 말했다. 그다지 좋은 느낌이 들지 않아 겁이 났지만, 도저히 무슨 말인지 몰라 그를 바라만 봤다. 이런 내가 짜증이 났는지 그는 주머니에서 뭔가를 꺼내며 더 큰 소리로 말했다. 그가 손에 든 게 가로등에 반사되어 순간 반짝였다.

주머니칼이었다. 깜짝 놀라 순간 뒷걸음질을 쳤고, 그제야 그가 강도라는 걸 알았다. 당황해서 어떻게 해야 하나, 뭘 줘야 하나 생각하는데, 순간 그가 카메라라고 말하는 걸 얼핏 들었다. 내 카메라를 달라는 뜻인 걸 알아차리고 곧바로 어깨에 걸친 카메라를 주려 하는데, 갑자기 생각이 났다. 시베리아 횡단 열차 안에서 찍은 사진들이 메모리카드 안에 있다는 것이. 카메라는 가져가도 상관없는데 메모리카드를 가지고 가면 몹시 곤란해진다고 생각했다.

내가 고생스럽게 겨울 여행을 한 이유가 시베리아 횡단 열차 안에서 9일 동안 지내며 사진을 찍기 위해서였는데, 그 사진들이 사라진다는 사실이 더 끔찍하다는 생각을 그 짧은 순간에 했다. 나는 카메라를 그의 앞에 내밀며 다급한 목소리로 "카메라는 가져가, 메모리카드는 안 돼"라고 말했다. 그는 내 말을 알아듣지 못하고 흥분해서 칼로 위협하며 '카메라'만 반복해서 말했다.

도저히 말이 안 통한다는 걸 깨닫고 카메라를 그에게 내밀며 천천히 메모리카드를 빼려 하는데 그가 카메라 끈을 낚아챘다. 그 와중에 나는 메모리카드만큼은 내줄 수 없다는 마음에 카메라를 잡고 메모리카드를 빼려고 했다. 카메라로 한바탕 줄다리기를 하고 있는데 우리의 소리를 들었는지 사람들이 달려오며 소리를 질렀고, 강도는 그 소리에 놀라 반대편으로 달아났다.

나는 제정신이 아니었다. 사람들이 나를 안정시키며 계속 말을 걸었지만 한동안 가쁜 숨만 내쉬었다. 이내 흥분 상태가 진정되었다. 그제야 주위를 둘러보니 나는 사람들에 둘러싸여 있었고 누군가 내 손을 수건으로 감싸고 있었다. 그리고 다른 한 손에는 카메라를 꼭 쥐고 있었다.

곧 경찰이 왔고, 주변에 있던 사람들이 경찰에게 상황을 설명해줬다. 경찰은 나를 병원 응급실로 데리고 갔다. 나는 왜 병원에 가는지 몰랐지만 가서 보니 수건에 싸여 있던 손이 찢어져 있었다. 아마 강도와 실랑이를 하다 칼에 베인 것 같았다. 의사는 상처가 깊지 않아 꿰매지는 않아도 된다며 소독을 하고 약을 바른 후 붕대를 감아줬다.

나는 바보 같은 짓을 했다. 더 위험해질 수도 있는 상황이었지만 기적적으로 그 정도에서 끝났다. 그깟 사진이 뭐라고 그런 위험한 행동을 했는지 지금도 이해할 수 없다. 진짜 운이 좋았다는 말밖에 할 말이 없다.

하지만 그때는 시베리아 횡단 열차에서 찍은 사진들이 그 무엇보다 중요하다고 생각했다. 다시는 재현하지 못할 순간들이 모두 담겨 있으므로 내게는 엄청난 가치가 있는 것이었다. 그렇게 지켜낸 사진들을 책에 실었고, 찍은 사진들을 보면서 그때를 기억하며 글을 썼다.

60

사진은 내게 그런 것이었다. 단순히 어떤 장면을 찍은 것이 아니라 그때의 풍경, 사람들, 나눴던 이야기들, 감정들과 생각들, 그리고 냄새까지 모조리 담겨 있는, 내 기억의 전부다.

본격적으로 글을 쓰기 시작하면서부터 내가 찍은 사진을 글에 덧붙여오고 있다. 그건 내 사진들이 어휘나 표현력이 부족해 글로 다 쓸 수 없는 것을, 하고 싶은 이야기나 표현들을 더 정확히 전달해주기 때문이다. 그래서 글을 쓰기 전에 사진을 먼저 찍고, 그 사진을 보며 글을 썼다. 이렇게 사진은 내게 있어 글에 대한 보험 같은 것이었다.

무엇이 되지 않더라도

하지만 이제는 예전만큼 사진을 많이 찍지 않는다.

여행을 가면 내 눈으로 바라보는 풍경보다 카메라 뷰파인더를 통해 보는 순간들이 더 많다는 걸 깨달아서이다. 그렇게 찍은 사진을 보니 대부분 내가 보고 싶은 부분만 찍혀 있었다. 나의 시선으로 의도를 가지고 찍은 사진이니 그렇게 찍히는 게 당연하겠지만, 한편으로는 내 방식으로만 바라보니 정작 다양한 걸 보지 못하고 지나쳤을 수도 있겠다는, 중요한 뭔가를 놓친 듯한 기분이 들었다.

그리고 필름카메라에서 디지털카메라로 바뀌면서 고심하지 않고 셔터를 누르다 보니, 내가 정말 찍고 싶어서가 아니라 일단 찍고 보자는 심정으로 사진을 찍게 되어 별로 간절함이 없다. 솔직히 재미가 없고 소중하게 느껴지지도 않는다.

더불어 나의 여행도 시큰둥해졌다.

어딜 가나 비슷한 일만 일어났고, 비슷한 사진들만 찍을 뿐이었다. 다른 장소에서 찍어도 그곳의 특색이 보이지 않고, 내가 보려는 것만 사진으로 찍어 모두 같은 곳에서 찍은 것처럼 보였다. 나도 모르는 사이에 나 자신을 딱딱한 사진 속에 스스로 가둬버린 것 같았다.

그래서 요즘에는 카메라를 가지고 다니지 않는다. 그 대신 내 두 눈으로 직접 보고 그 순간을 마음으로 기억하려 한다. 사진을 찍지 않으니 확실히 여유가 많아졌다. 그리고 내 전생의 업보 같은 무거운 카메라가 없으니 몸도 마음도 홀가분하다.

물론 영원히 사진을 안 찍지는 않을 것이다.

살아간다

지금처럼 카메라 없이 살아가다 언젠가 간절히 사진을 찍고 싶은 마음이 생기면 그때 다시 사진을 찍고 싶다.

지금은 카메라에 손대고 싶지 않다.

케루악이라고 부를게

'내가 사랑하는 모든 건

내가 지나온 모든 길들보다 더 긴 삶을 살았으면 좋겠어.

나보다 더 오래.

그래서 내가 슬퍼하지 않도록.'

내 첫 고양이, 너의 이름은 케루악이었다. 그 이름은 내가 제일 좋아하는 작가의 이름이었다. 그만큼 너는 내게 특별한 존재였다. 네가 우리 집에 온 건 기분 좋고 설레는 바람이 불던 봄날이었다.

처음 봤을 때 넌 진짜 볼품없고 약해 보여. 너보다는 더 건강하고 예쁜 고양이로 입양하고 싶었다. 하지만 슬프게 날 바라보는 눈빛에 이끌려 나는 너를 집으로 데려왔다.

너는 나와 사는 것에 금방 적응했다. 다른 사람에게는 관심이 없었고 내가 하는 행동에만 반응했다. 내가 담배를 피우면 내뿜는 연기를 가만히 바라보고. 내가 침대에 누우면 다가와 내 머리맡에 자리 잡고 잠들었다. 아침이면 내 가슴 위에 식빵 굽는 자세로 앉아 내가 일어날 때까지 나를 바라봤다. 외출할 때면 현관문까지 날 배웅했고, 돌아와 현관문을 열면 거기 앉아서 날 기다리고 있었다. 그리고 먼 여행을 떠날 때면 어떻게 알았는지 여행 가방 위에 앉아 '또! 어딜 가느냐'는 듯 바라봤고, 먼 여행에서 돌아오면 현관부터 졸졸 따라다니며 '왜 이제 왔느냐'며 나무라듯 야옹거렸다.

너와 살기 시작한 지 몇 달 뒤 고양이 한 마리와 강아지 한 마리를 더 입양했다. 갑자기 내가 박애주의자가 된 건 아니었다. 그 둘도 딱한 처지라 어쩌다 보니 함께 살게 되었다.

별생각 없어 보이는 네 동생의 이름은 내가 좋아하는 뮤지션의 이름을 따 '모리씨'로 지었고, 막내라서 그런지 눈치라곤 없고 덩치는 너의 세 배가 넘는 시베리안 허스키는 빛에 따라 눈동자 색이 달라져 '오로라'라고 부르기로 했다. 모리씨, 오로라, 너, 그리고 룸메이트 강현이와 나까지 우리는 좁아터진 집에서 행복하게 지냈다.

처음에는 저마다 성격이 다른 너희가 서열 다툼을 하는 탓에 집 안이 엉망이 되긴 했지만, 어쩔 수 없는 과정이니 지켜볼 수밖에 없었다. 결국 네가 서열 1위, 그다음은 모리씨, 마지막은 덩치만 큰 오로라로 서열 정리가 된 이후부터는 별 다른 문제가 없었다.

항상 조용하기만 해서 몰랐는데 너는 카리스마가 있었다. 특히 너의 앞발 펀치는 예술이었다. 너보다 큰 오로라를 연타 펀치로 제압했고, 심지어 오로라의 이마에 작은 흉터까지 남길 정도로 대단했다.

우리는 내 방에서 함께 잤다. 너는 내 옆에서, 모리씨는 내 발옆에서, 그리고 오로라는 침대 밑에서 잠들었는데 아침에 일

살아간다

어나보면 어느새 침대 위로 올라와 자고 있었다. 아침에 일어나 너희들이 자고 있는 모습을 보며 난 행복을 느끼곤 했다. 너희가 내뿜는 털이 제일 골칫거리였다. 덕분에 하루에 두 번은 집 안을 청소기로 돌리고 이불을 돌돌이 테이프로 밀어야 했지만, 그래도 너희가 주는 행복감과 정신적 유대감에 비하면 털 따위는 정말 사소한 문제였다. 언제까지라도 이런 평온한 날들이 계속될 것 같았다.

그러던 어느 날 네가 건강이 나빠지기 시작하더니 결국 두 달도 채 안 되어 죽어버렸다. 그때 네 나이 세 살이었다. 널 간호하며 보낸 두 달을 생각하면, 어머니가 편찮으셔서 3년 반을 간호하던 시기가 떠올라 가슴이 까맣게 타들어가는 것처럼 아팠다.

입원도 시켜보고 좋다는 방법은 다 써봤지만 결국 넌 그렇게 떠났다. 혹시라도 너의 마지막을 함께하지 못할까 봐 외출도 하지 않았고 볼일이 있으면 볼일만 보고 와서 대부분의 시간을 너와 보냈다. 하지만 나는 너의 마지막을 결국 지키지 못했다. 급하게 볼일을 보고 돌아와 현관문을 열었을 때 그곳에 힘없이 죽어 있는 널 보았다. 그건 표현할 수 없는 슬픔이었다. 걸을 수도 없었는데 어떻게 침대에 있던 네가 현관문 앞까지 왔는지 알 수는 없었지만, 언제나 그 자리에서 나를 기다렸던 것처럼 마지막에도 너는 날 기다렸을 거라 생각한다. 모리씨와 오로라가 가만히 앉아 널 지키고 있었다. 그들도 네가 죽은 걸 아는 것 같았다.

현관문에 기대앉아 서서히 온기가 사라져가는 너를 품에 안고 쓰다듬었다. 그때 어머니의 마지막 모습도, 할머니의 마지막 모습도 함께 떠올라 눈물이 끝도 없이 흘러내렸다.

너와 나는 겨우 3년을 함께했다. 그런 너의 죽음은 그 시간보다 길다. 언제쯤 내가 너의 죽음을 죽음으로 받아들일 수 있을지 모르겠다. 어떤 죽음이든 죽음의 크기와 의미는 사랑했던 마음만큼 남을 것이다.

모리씨와 오로라는 잘 지내고 있다. 여전히 바보짓을 많이 하긴 하지만. 모두 널 그리워하는 것 같다. 아무리 제멋대로 다녀도 너의 자리였던 의자와 네가 좋아하는 방석은 건들지 않고 그대로 내버려두는 걸 보면 말이다.

케루악. 넌 좋은 고양이였다.
날 사랑해줬고,
날 기다려줬고,
무엇보다 넌 항상 나를 바라봐줬으니.

안녕, 나의 케루악 (2014년 2월~2017년 1월)

살아간다

134병동은 이상한 곳이었다. 모든 게 하얀색으로 둘러싸여 있었다. 그래서일까? 환자들의 얼굴에는 그늘이 드리워 있었다. 이곳은 아픈 사람은 더 아프게 만들고, 멀쩡한 사람도 아프게 만드는 기운으로 가득 찬 곳이다.

병동은 아침 여섯시에 불이 켜졌고 저녁 열시에 꺼졌다. 아침 식사는 여섯시 삼십 분, 점심은 열두시 삼십분, 그리고 저녁은 다섯시 삼십분에 정확하게, 마치 알람처럼 나온다. 동물 농장에서 사육당하는 기분이다.

의사들은 하루에 두 번 환자를 만나러 온다. 의사와 환자가 만나는 시간은 오 분도 채 되지 않는다. 특별한 이야기는 없다. 증상에 대해 이야기하고 다음 날 받을 검사나 먹고 있는 약에 대해 설명해주지만 환자들은 대부분 제대로 이해하지 못하고, 설명하는 의사들 역시 자기 말에 확신이 없는 것 같다. 하지만 우리는 그들을 믿을 수밖에 없다. 왜냐하면 그들은 하얀 가운을 입은 의사이고 우리는 환자복을 입은 환자니까.

환자들은 가족, 친지들과 친구들의 병문안을 기다린다. 처음에는 많은 친지와 친구들이 찾아오지만, 긴 병에 효자 없듯 입원이 길어지면 찾아오는 손님도 뜸해진다. 어쩌다 찾아온 친구와 이야기를 나누고, 그들이 가지고 온 음료수를 마시며 이런저런 바깥 이야기를 하며 시간을 보내다. 더 이상 할 말이 없으면 그들은 어색하게 돌아간다. 그러면 남은 환자는 아쉬운 눈길로 그들이 나간 문을 오랫동안 바라보다 크게 한숨을 쉰다.

환자들은 저마다 이름을 기억하기 어려운 병을 앓고 있다. 자신이 왜 그 병에 걸렸는지 이유를 아는 사람은 없다. 그저 제비뽑기에서 운 없게 나쁜 패를 뽑았는지도 모른다.

병실 안은 환자들이 내뿜는 탁한 에너지와 절망의 기운으로 가득 차 있어 주기적으로 환기를 할 필요가 있다. 하지만 창문을 열어 환기를 시킬 만큼 의욕이 있는 사람은 없다. 그래서 병실 공기는 언제나 무겁기만 하다.

병동의 밤은 정말 조용하다. 모두가 잠들고, 심지어는 환자들의 고통조차도 함께 잠들기 때문이다.

이 중에서 몇 명은 곧 퇴원해서 일상으로 돌아갈 것이다. 그들은 건강해지기 위해 술과 담배를 끊고 육식을 줄이고, 평생 생선과 채소와 잡곡밥 따위를 먹으며 건강을 유지해 다시는 이곳으로 돌아오지 않겠다고 결심할 것이다. 이곳에 있으면서 그들은 가장 가치 있는 건 건강이라는 걸 진료비 영수증과 팔뚝에 생긴 수많은 주사 자국들로부터 배웠다.

내 왼쪽 침대에는 폐가 아픈 할아버지가 계신다. 이 할아버지는 삼 분에 한 번씩 딸꾹질을 하신다. 계산해보면 하루 종일 480번을 하는 셈이다. 처음에는 이해할 수 있다. 얼마나 아프고 괴로우면 저렇게 딸꾹질을 할까? 하고 이해하려 하지만,

살아간다

하루 종일 딸꾹질 소리를 듣다 보면 거의 돌아버릴 지경이다. 그 소리를 듣지 않으려고 귀마개를 껴보아도, 병실에서 나와도 환청처럼 계속해서 들리는 것 같다. 아침이면 딸꾹질 소리에 잠을 깬다. 그리고 생각한다. '아프다는 건 서로에게 지독한 거구나.'

앞 침대에는 치매 할아버지가 계신다. 이분은 낮에는 대부분 주무신다. 하지만 밤만 되면 좀비처럼 일어나 짐을 챙기신다. 집에 가겠다며 한바탕 난리를 피운다. 간호사들이 와서 달랜다. 이것 역시 견디기 힘들다. 가뜩이나 내 머리도 복잡해 죽겠는데 이런 난리까지 겹치면, 여기가 병원인지 고문실인지 알 수가 없다.

그리고 내 오른편에 계신 할아버지도 치매다. 이분은 가끔 내게 홍시를 건네며 나를 형님이라고 부르신다. 왜 나를 형님이라 부르는지 이해할 수는 없지만, 아무튼 난 여기서 그분의 형님이다. 그리고 우리가 함께한 백마고지 전투 이야기를 하신다. 똑같은 이야기가 하루에도 몇 번씩 반복된다. 항상 우리가 전투에서 운 좋게 살아남는 것으로 이야기는 끝난다. 이건 참을 수 있다. 하지만 할아버지는 밤마다 엄마를 찾으신다. 아흔 살 할아버지가 〈엄마 찾아 삼만 리〉의 주인공처럼 밤새도록 엄마를 찾는 소리는 내가 들은 가장 슬픈 소리 중 하나다. 침대에 누워 엄마를 찾는 할아버지의 목소리를 듣고 있으면 몹시 슬퍼진다. 그리고 아무리 나이가 들고 정신이 흐려져도 엄마라는 존재는 결코 잊히지 않을 것이라는 사실에 다시 한 번 슬퍼진다.

이곳에 머문 지 벌써 보름이 넘었다. 이런 일들이 매일매일 반복된다. 이곳에 내가 생각했던 휴식은 없다. 오히려 불면증이 생겨 모두 잠든 밤에 아무도 없는 병동을 휠체어를 타고 다닌다. 딸꾹질 할아버지와 집에 가겠다는 할아버지, 그리고 엄마를 애타게 찾는 할아버지가 잠들 때까지 말이다.

병원은 정말 이상한 곳이다. 어딘가 고장 난 사람들이 모이는 곳이다. 운 나쁘게 나도 그중 하나다. 나도 고장 났고, 이 이상한 병동에서 치료 중이다. 이곳에서 받는 치료가 내게 정말 도움이 될지 확신은 없다.

그저 다시 부활하고 싶다. 튼튼하고 씩씩했던 지난여름처럼. 그래서 이 괴상한 134병동과 최대한 빨리 작별하고 싶다.

살아간다

내가 안 아팠을 때

한동안 전라도 끝자락의 산사에 머문 적이 있었다. 그곳에서 지내는 동안 시간이 나만 남겨두고 흐르는 것 같았다. 그렇게 느낀 건, 몸이 한창 좋지 않았던 그때 나는 아무 할 일 없는 산사에서 고통을 온전히 온몸으로 받아내야 했기 때문이었다. 약 없이 버텨보려고 진통제 몇 알과 안정제만 가지고 와서 약이 충분하지 않다는 것이 나를 더욱 불안하게 만들었다.

매 순간 느껴지는 고통을 이겨내기 위해 명상이라는 걸 해봐도 집중을 할 수 없었고, 기분 전환을 위해 주변을 산책해도 온몸이 떨려 금세 방으로 돌아와야 했다. 온종일 육체적, 정신적 고통에 시달리다 보니 가지고 온 약을 먹어버리고 싶었지만, 이보다 더 지독한 순간이 올지 모른다는 공포에 먹지도 못하고 그저 버텨내야 했다.

사찰에 머무는 동안, 오래 복용해오던 수면제를 먹지 않아 잠을 깊이 잘 수가 없었다. 또 끝도 없는 불안에 시달렸고, 온몸의 근육과 내장 기관이 신음 소리가 절로 나올 정도로 아팠다. 그렇게 고통으로 가득 찬 밤을 보내고 나면 숨을 들이쉬고 내쉴 힘도 없을 만큼 완전히 지쳐버렸다.

그때 나는 공황장애가 최고 정점을 찍고 있었고, 정확한 병명을 알 수 없는 병으로 온몸의 근육과 신경이 찢어지는 것처럼 아파 매일 진통제와 안정제에 의지하고 있었다. 당연히 일상생활을 할 수도 없어 유명하다는 병원만 전전하고 있었다. 그리고 진통제와 안정제를 오랫동안 복용한 탓에 결국 만성이 되어 더 독한 약을 더 많이 먹어야 했다. 심지어 한때 사회적 문제가 되었던 진통 주사도 주기적으로 맞았다.

그때 나의 이런 사정을 다 아는 친구가 소개해준 스님이 신선한 절밥을 먹고 맑은 공기를 쐬며 자극 없는 환경에 머물면 조금은 나아질 거라는 조언을 해주셔서 요양차 이 산사에 머물게 되었다.

물론 절에 머문다고 해서 괜찮아질 거라고는 진심으로 믿지 않았지만 그때는 달리 방법이 없었다. 그리고 약을 계속 복용하면 결국 중독자가 되어 암울한 인생을 살 거라는 두려움도 있었다.

나는 중독이라는 것이 얼마나 무서운지 누구보다 잘 알고 있었다. 사회복무요원으로 정신병원에서 조무사로 일했는데, 그때 육체적 고통 때문에 강한 진통제를 복용하다 끝내 진통제에 중독되어 그 약을 끊으러 들어온 환자들이 고통받고 무너지는 모습을 옆에서 지켜봤다. 그들은 자발적으로 들어와 결국 만신창이가 되어 퇴원했다. 다시 약을 끊으러 병원으로 돌아오기를 끝없이 반복했다. 그건 정말 답이 없었다.

매일 늦은 밤까지 고통에 시달리다 지쳐 겨우 잠이 들었다. 그러다 몇 시간 자지 못하고 일어나 기진맥진한 몰골로 방문에 앉아 있으면 스님이 아침을 챙겨주셨다. 입맛은 당연히 없어 먹고 싶지 않았지만, 내가 다 먹을 때까지 스님이 옆에 계셔서 어쩔 수 없이 나물과 보리밥을 억지로 입에 넣고 꾸역꾸역 넘겼다. 그렇게 상을 비우면 스님이 밥상을 내가셨다. 매 끼니때마다 그렇게 해주셨다. 그 덕분에 하루에 한 끼도 제대로 안 먹던 내가 그곳에 있는 동안 세 끼 식사를 꼬박꼬박 챙겨 먹었다.

식사를 하고 나서는 스님과 산책을 해야 했다. 처음에는 그게 제일 부담스러웠다. 무슨 이야기를 해야 할지 몰랐고, 그 어떤 말도 하고 싶지 않고 듣고 싶지도 않았다. 이런 내 마음을 들켰는지 스님은 내게 애써 말을 걸지 않으셨다. 우리는 정처 없이 걷거나 때로는 스님의 오래된 차로 드라이브를 가기도 했다. 그런 산책이 익숙해지자 나는 그 시간이 제일 편해졌다. 그때는 그나마 안정이 되고 고통들도 잠시 소강상태가 되었다. 아마 나를 지켜봐주고 의지하게 해주는 다른 존재가 있어서 안심이 되었던 것 같다.

시간은 더디게 갔다. 그도 그럴 것이, 밥을 먹고 산책을 하고 나면 달리 할 일이 없었다. 사방으로 넘치는 시간 속에서 나는 그저 아프기만 했다. 끼니를 제때 챙겨 먹고 맑은 공기와 자극 없는 풍경 속에 있어도 별다른 변화가 생기지 않았다.

그래도 이곳에 오기 전에는 내 몸에 작은 변화라도 생기지 않을까 하는 기대감이 있었다. 하지만 아무런 변화도 일어나지 않고 고통도 줄지 않자, 그런 기대를 품은 나 스스로에게 분노했다. 그렇다고 누구를 탓할 수도 없었다. 온전히 내가 선택한 일이었으니까.

어느 날 저녁, 스님이 108배를 제안하셨다. 사찰에 머물기 전에 쉬러 온 것이니 불교 행사나 절 일에 일체 참여하지 않아도 좋다는 허락을 받기는 했지만, 매일 나를 챙겨주는 스님이 말씀하시니 쉽게 거절할 수가 없었다.

"제가 기독교인이어서 108배는 좀 그런데요." 나는 나름대로 타당한 변명을 했다.

스님은 사심 없는 눈으로 날 바라보며 말씀하셨다.

"108배가 부처님에게 절을 올리는 것이긴 하지만 동영 씨가 그것과 상관없이 몸을 한번 움직여볼 겸 해보는 건 어떨까 해서요. 의무는 아니지만 한번 해보셨으면 합니다."

매일 돌봐주시는 스님이 권하시는데 끝까지 거절할 염치가 없었다.

"아파서 108번을 다 할 수 있을지 모르겠지만 한번 해보겠습니다."

"108번을 다 할 필요는 없으니 동영 씨가 할 수 있는 만큼만 해보세요."

저녁을 먹은 뒤 스님이 내게 편안한 옷을 가져다주셨다. 그다지 마음에 안 드는 개량 한복이었지만 그때는 그런 취향을 내세울 처지가 아니어서 그냥 입었다. 이제까지 절에는 꽤 여러 번 가봤지만 법당 안에 들어간 건 그때가 처음이었다. 나무로 지은 법당 천장은 생각보다 높았고 향 내음이 짙게 배어 있었다. 무엇보다 차갑고 딱딱한 나무 바닥을 밟는 기분이 새로웠다.

스님이 내게 절하는 법을 알려주셨다. 간단했지만 그 동작을 반복해서 108번을 하려면 시간이 꽤 걸릴 거라 생각했다. 내 마음을 읽으셨는지 스님은 천천히, 그리고 내가 할 수 있는 만큼만 하라고 하셨다.

스님이 먼저 시작했고 내가 따라 했다. 스님은 불필요한 동작 없이 절을 정성스럽게 했다. 나는 별생각 없이 따라 했다. 몇 번 하지도 않았는데 숨이 차고 매일 아팠던 근육과 신경에 자극이 가서 더욱 아파오기 시작했다. 고통이 더 심해질까 봐 불안해하며, 언제쯤 그만해야 내가 나름대로 노력이라도 했다는 걸 스님이 아실까 따위를 생각하면서 억지로 절을 했다. 땀이 났고 이내 온몸이, 그리고 옷이 땀에 젖었다. 반면 스님은 땀조차 흘리지 않고 시작할 때처럼 흐트러지지 않고 계속 절을 하셨다. 30번까지는 셌지만 스님 눈치를 보다 내가 몇 번째 절을 하고 있는지 세는 걸 잊어버렸다. 그만하고 싶은 마음이 간절했지만 몸이 저절로 움직이더니 나중에는 아무 생각도 하지 않고 자동으로 행동을 반복했다.

"이제 그만하시죠."

스님의 말에 나는 동작을 멈췄다. 숨이 목구멍까지 차올랐고 온몸이 땀에 젖어 있었다. 그리고 두 무릎에는 엄청난 멍이 든 것 같았다. 나는 물먹은 이불처럼 늘어져 법당 안에 벌러덩 누워버렸다. 스님은 나를 바라보며 별말씀 없이 그저 미소만 지으셨다. 사방은 고요했고 열린 문으로 바람이 시원하게 불어

78

와 비루한 내 몸을 식혀줬다.

그때 나는 알아차렸다. 내가 하나도 아프지 않다는 것을. 불안하기만 했던 마음은 텅 비었고, 온몸 깊숙이 뿌리내린 것만 같았던 고통도 느껴지지 않았다. 나는 그동안 잊어버리고 있었다. 아프지 않다는 게 어떤 기분인지 말이다. 진통제나 안정제로 고통을 일시적으로 숨길 수는 있었다. 하지만 고통의 흔적은 어떤 식으로든 남아 있었다. 108배를 하고 나서 온몸을 감싸고 있던 껍질을 벗어버린 듯 홀가분함을 느꼈다. 조금 과장한다면 새롭게 태어난 것만 같았다. 나는 상쾌함을 느끼며 법당 나무 마루에 누워 있었다. 생각해보니 식은땀이 아니라 몸을 움직여 땀이 난 건 정말 오랜만이었다. 그동안 아프다는 이유로 금방 깨질 것 같은 유리잔처럼 몸을 애지중지했다. 어쩌면 그게 더 문제가 되어 그동안 몸이 아팠는지 모른다.

산사에 머무는 동안 매일 108배를 했고 나중에는, 1000배도 했다. 고통을 떨쳐내는 것도 좋았지만 몸을 움직여 땀을 내는 게 마음에 들었다. 무엇보다 절을 다 하고 나서 나무 마루에 누워 멍하니 있는 게 좋았다.

산사를 떠나 서울로 돌아가기 전 스님과 마지막으로 108배를 했다. 이제 익숙해질 만도 한데 여전히 힘들었다. 다 끝나고 땀을 흘리며 마루에 누워 천장을 바라보는 내게 스님이 말씀하셨다.

"마음을 귀하게 여기는 만큼 몸도 귀하게 여기세요."

살아간다

서울로 돌아오는 버스 안에서 비상용으로 가지고 온 약을 봤다. 산사에 머물면서 그 약을 먹고 잠시나마 편안해지고 싶은 유혹에 매 순간 시달렸었다. 하지만 결국 그 약을 먹지 않고 버텨냈다. 어떻게 그 순간들을 참았는지 스스로가 대견했다. 그리고 이제 이것들과 이별하고 싶었다.

산사에서 보낸 시간을 통해 내 고통들이 완전히 사라진 건 아니다. 진통제와 안정제도 여전히 복용하고 있다. 예전보다는 덜 독한, 그리고 훨씬 적은 용량을.

달라진 게 있다면, 이전에 비해 고통을 받아들이는 마음이 조금은 가벼워졌다. 그리고 고통이 찾아올 때마다 기억한다.

안 아픈 게 어떤 기분인지를.

나는 그걸로 충분하다.

무엇이 되지 않더라도

내가 스스로를 유배시킨 곳

이곳은 섬은 아니지만, 마치 육지에서 홀로 떨어진 고립된 공간 같다. 나의 거의 모든 생활이 이곳에서 이뤄진다.

'연남동.'

이곳에서만 7년째 살고 있기에 나는 이곳이 언제부터 분주해졌는지 그 이유를 정확히 알고 있다. 몇 년 전까지만 해도 여기는 별 볼일 없는 곳이었다. 있어봐야 중국집과 기사 식당, 그리고 쉬는 택시들만 있었다. 하지만 길 건너 홍대 인근이 너무 번화해 더 이상 감당할 수 없을 지경이 되자 사람들이 이곳으로 건너왔다. 예쁜 공원이 생기고부터는 사람들이 더욱더 많아졌다. 어느 순간부터 골목골목 카페나 술집, 이런저런 특색 있는 가게들이 들어오기 시작했고 사람들이 몰려왔다. 그렇게 이곳은 최근에 가장 번화한 곳이 되었다.

나는 오로라와 저녁 산책을 나간다. 공원에는 이미 많은 사람들이 그들의 시간을 보내고 있고, 다른 개들도 많다. 오로라와 함께 공원을 걷다 보면 사랑스러워 보이는 커플이나 여행자들이 오로라를 만지고 사진을 찍는다. 나는 다른 사람들과 자연스럽게 이런저런 이야기를 나눈다. 오로라는 신이 나서 산책 나온 다른 개들과 어울려 논다(아니, 대부분 공격한다).

심지어는 길고양이가 아닌 집고양이들도 배려심 많은 주인들과 함께 산책을 나온다. 물론 우리에게는 규칙이 있다. 모두 목줄과 배변 봉투를 가지고 있다. 그건 암묵적인 약속이다. 이곳은 반려동물을 키우기 좋은 장소다. 아무도 반려동물을 싫어하지 않는다. 심지어 길고양이들을 위해 먹이를 두는 곳도 여기저기 보인다.

나는 밤에 공원을 산책하는 것을 좋아한다. 이곳이 서울이 아니라 뉴욕이나 파리처럼 느껴진다. 그만큼 세련되게 자유롭고, 사람들이 친근하다. 도시 중심에 이런 장소가 있는 건 드문 일이다.

공원 끝에 이르면 작은 골목으로 연결된다. 우리는 좀 더 걷고 싶어 골목으로 접어든다. 이곳의 골목은 정말 제멋대로 나 있고 운치가 있다. 담쟁이 넝쿨과 무성한 나무 사이의 가로등을 보며 오래된 보도블록 위를 걷다 보면, 이제까지 가본 적 없는 도시에 머무는 기분이 든다. 오로라의 숨소리가 만족스럽다는 듯 골목에 울린다.

잠시 걸음을 멈추고 우리가 늘 들르는 노천카페에서 차를 마신다. 오로라도 카페 주인의 배려로 물을 마신다. 거기 앉아 지나가는 사람들을 구경한다.

이곳의 여름은 덥지 않다. 넓은 공원이 있고 나무들이 많아서 그런 것 같다. 그리고 이따금 불어오는 바람도 시원하다.

나는 스스로를 이곳에 유배시켰다. 조금만 더 가면 있는 강을

살아간다

애써 건너 강남으로 가려 하지 않고, 바로 앞에 놓인 6차선 도로 너머 홍대 쪽으로도 가려 하지 않는다. 그리고 굴다리를 지나 광화문이나 이태원으로도 가려 하지 않는다.

이곳 연남동은 섬도 아니고 고립된 장소도 아니다. 하지만 내게는 섬 같은 이곳, 연남동을 나는 진정 사랑한다.

무엇이 되지 않더라도

그랬다면 널 만나지 못했겠지

내가 그리 미치지 않아서 그나마 다행이야.

내가 조금 괴상해도 다른 사람을 괴롭히지 않을 정도의 이성은 있으니까.

머리꼭지까지 완전히 돌았다면 널 만나지 못했을 거야.

내가 글이나마 쓸 수 있어 그나마 다행이야.

그리 대단한 글을 쓰는 건 아니지만

아예 쓰는 법을 몰랐거나 다른 걸 했다면 널 만나지 못했을 거야.

내가 속이 쓰려도 담배를 피워서 그나마 다행이야.

건강 생각한다고 엄마의 유언대로 끊었다면 시간 보내는 법을 몰라서 널 만나지 못했을 거야.

내가 나름의 유머 감각을 가지고 있어 그나마 다행이야.

모두를 웃기진 못하지만, 그래도 널 매일 웃게 만들 수 있으니까.

만약 내가 유머 감각이 없었다면 널 만나지 못했을 거야.

내가 적은 돈이나마 모아두었기에 그나마 다행이야.

사고 싶었던 마가렛 호웰 정장, A.P.C.의 니트티, 아이맥, 푹신한 매트리스와 거북목 베개를 샀다면

너무 쪼들리고 쩨쩨해져 널 만나지 못했을 거야.

내가 사랑스러운 고양이와 개를 길러 그나마 다행이야.

털 빠진다고, 산책 귀찮다고 함께하지 않았다면

개를 기르는 너와 이야기를 시작하지 못했을 거야.

내가 연남동 공원 근처에 살아서 그나마 다행이야.

근처에 공원이 없었다면, 우리가 자주 거닐면서 이야기를 나눌 공간이 없어 널 만나지 못했을 거야.

내가 너보다 나이가 많아 그나마 다행이야.

살다보니 예전에는 몰랐던 배려라는 걸 알게 되었어.

그걸 몰랐다면 여전히 난 자의식에 넘쳐 널 만나지 못했을 거야.

내가 솔직하려고 해서 그나마 다행이야.

예전에는 감정의 소용돌이 속에서 나도 내가 어떤 사람인지 몰라 되는대로 행동했지만, 지금은 내 안에서 부유하던 것들이 제자리를 찾아 솔직할 수 있어.

만약 예전처럼 내가 순간의 감정 속에 살았다면 나는 널 만나지 못했을 거야.

살아간다

2.

떠난다

무엇이 되지 않더라도

그러고 싶었던 건 아닌데, 본의 아니게 여행 작가가 되어버렸다. 내가 되고 싶었던 건 그냥 '작가'였는데 말이다. 10년 전에 낸 첫 책이 미국에서 썼다는 이유로 여행기로 분류되면서, 자연스럽게 나는 여행 작가가 되었다. 첫 책은 서점에 가면 여전히 여행 코너에 진열되어 있다.

사실 작가보다는 여행 작가로 사람들에게 나를 설명하고 이해시키는 게 간편하다. 어쨌건 난 여행 작가다. 그 덕분에 사람들은 내가 여행에 대해서는 전문가라고 생각한다. 그래서 숨겨진 여행지나 많은 나라를 여행했을 거라 생각하고, 여행에 관한 모든 정보를 알고 있을 거라 믿는다. 심지어는 싼 비행기 표는 어디서 사야 하는지에 관해서까지…… 그런 질문을 받을 때마다 누누이 말한다. "잘 모릅니다" 또는 "스카이스캐너에서 찾아보세요".

다른 사람들에 비해 여행을 좀 더 많이 다니긴 했지만 전문 여행 작가에 비하면 경험이 빈약하다. 여행에 관한 전문 지식도 '이 사람 정말 여행 작가 맞아?'라고 생각할 정도로 많지 않다. 물론 조금만 더 신경 쓰고 열정을 쏟는다면 어느 정도는 지식을 모을 수 있겠지만, 그 정도로 부지런하거나 치밀하고 싶지는 않다.

나에게 여행은 불편한 것이다. 떠나온 것이 설레기보다 낯선 풍경 속에서 이리저리 헤매야 하는 것이 번거롭고, 다른 언어 안에서 주눅이 들기도 한다. 나는 외로움을 잘 타는 편인데, 늘 혼자서 여행을 떠난다. 이런 날이 며칠뿐이라면 좋겠지만,

떠난다

여행을 그리 좋아하지 않으면서도 다른 사람들보다 길게 여행을 떠난다. 누가 그러라고 시킨 것도 아닌데 지나칠 정도로 길게 멀리 간다. 그래야만 하는 이유가 특별히 있는 것도 아니다. 통장 잔고가 넘쳐나는 것도 아니다. 다만 나는 다른 사람들에 비해 여행할 시간이 조금 더 많을 뿐이다.

긴 여행을 떠났다고 해서 많은 곳을 돌아다니는 건 아니다. 마음에 드는 장소를 찾아 여행이 끝날 때까지 거기서 머문다. 물론 찾다 보면 더 좋은 곳을 발견할 수도 있겠지만, 그렇게 생각하면 어떤 곳에도 머물지 못한다. 그런 식으로 내가 정한 도시에서 나만의 소소한 일상을 만든다. 친구도 사귀고 단골 카페도 만들고 여기저기 참견한다. 거기서 지난 일들을 다시 생각해보고, 새로운 뭔가를 궁리하고, 그 모든 걸 글로 써 내려가는 것을 가장 좋아한다.

처음부터 그랬던 건 아니다. 예전에 나의 여행은 다른 사람들의 여행과 다르지 않았다. 하지만 어느 순간 알게 되었다. 내가 무엇을 좋아하는지, 여행에서 기대하는 게 뭔지. 그 후로는 이런 식으로 여행을 다니고 있다. 말하고 보니 팔자가 참 좋아 보인다. 실제로 사주를 보니 팔자가 나쁘지 않고, 특히 밖으로 떠돌아다녀야 인생이 필 팔자라고 했다. 그래서 나는 그걸 실천하는 중이다. 나의 묵직한 인생이 활짝 피길 바라며……. 이렇게 여행을 다니며 책을 네 권 썼다. 만약 지금 쓰는 이 글이 책으로 나온다면 다섯 권이 될 것이다. 첫 번째 책 『너도 떠나보면 나를 알게 될 거야』는 미국 전역을 여행하고 썼고, 두 번째 책 『나만 위로할 것』은 러시아의 모스크바와 아이슬란드 레이캬비크에서, 세 번째 책 『잘 지내라는 말도 없이』는 독일 베를린과 태국의 빠이에서, 네 번째 책 『당신이라는 안정제』는 프랑스 파리와 우크라이나의 오데사에서 썼다. 그리고 나는 지금 미국 포틀랜드에 머물고 있다. 이러니 내가 여행 작가로 불리나 보다.

내게 여행은 떠남과 돌아옴이다. 어딘가로 떠났다가 다시 집으로 돌아오는 길이 참 좋다. 여행에서 돌아오는 길에는 언제나 나 자신이 좀 더 정리되고 풍부해진 기분이 든다. 더 먼 곳으로 갈수록, 더 길게 갈수록 내가 느끼는 그런 감정들도 더 크고 강해진다. 그렇게 돌아와 나의 집 현관문, 그리고 내 방문을 열었을 때 밀려오는 익숙함을 나는 진정 사랑한다. 모든 것이 내가 돌아오길 기다려준 듯한 기분이다.

이런 기분 덕분에 나는 일상의 지루한 반복과 자극으로 가득한 세계에서 그나마 버텨낼 수 있다. 그리고 내 솔직함을 글로 써 내려갈 수 있다.

다시 말하지만 나는 여행 작가다.

떠난다

첫날의 고독

기분 전환이 필요한 건, 매일 같은 구간만 왕복하는 버스나 몇 십억 년 전부터 쉬지 않고 지구 주위를 돌고 있는 저 달만은 아닐 것이다. 매일 같은 카페에 앉아 글을 쓰고, 그러다 지치면 자전거를 타고 동네를 돌아다니다 다른 카페에서 또 글을 쓰고, 어두워지면 숙소로 돌아와 낮에 쓴 글을 고치다 잠드는 일을 한 달 넘게 반복하다 보니 날이 갈수록 글을 쓸 열정과 이유도 희미해져버렸다.

이런 날들이 무한히 반복될 것 같던 어느 날, 나는 더 이상 참지 못하고 차를 렌트한 뒤 캠핑 용품을 한 무더기 사버렸다. 계획 같은 건 없었다. 그저 지긋지긋한 일상에서 벗어나 기분 전환이라는 걸 하고 싶었다.

우선 지도를 펼쳐 10년 전 미국을 횡단했을 때 몸이 아파서 갈 수 없었던 '옐로스톤 국립공원'이 내가 지내는 포틀랜드에서 거리가 얼마나 되는지 찾아봤다. 825마일(약 1,330킬로미터). 고속도로 규정 속도인 시속 80마일(시속 130킬로미터)로 쉬지 않고 운전해도 열네 시간이나 걸리는 먼 거리였다. 오히려 까마득하게 먼 것이 마음에 들어 가보기로 결정했다.

출발은 늘 상쾌하고 홀가분하다.

무리해서 하루 만에 열네 시간을 운전해 갈 생각은 없었다. 꼭 언제까지 돌아와야 한다는 이유도 없고, 날 기다리는 사람은 그 어디에도 없으니 내키는 대로 하면 되었다.

첫날은 아홉 시간 정도 운전하다 한적한 곳에 주차하고 차 안에서 잤다. 조금 더 가고 싶었으나 북서부 지역에 대대적인 산불이 나 가려던 길들이 폐쇄되어 우회로를 택해야 했다. 그러다 중간에 길을 잘못 들었고, 날이 어두워져 더 이상 운전하기가 어려워 머물 수밖에 없었다.

오랜만에 차에서 자려니 기분이 묘했다. 다시 서른 살, 아슬아슬하게 미국을 횡단하던 시절로 돌아간 것만 같아, 밤새도록 그때 일들이 아련하게 떠올라 오랫동안 잠들 수 없었다.

다음 날 새벽같이 눈이 뜨였다. 다시 길을 떠나 초저녁쯤 옐로스톤 국립공원에 도착했다. 야생동물이 자주 나타난다는 숲에 텐트를 쳤다. 행여나 운이 좋으면 야생동물을 가까이서 볼 수 있을지도 모른다는 기대감에서였다.

초등학교 보이스카우트 때 뒤뜰 야영 이후로 몇십 년 만에 텐트를 쳐보았다. 기억하기로는 꽤 골치 아픈 일이었는데, 이번에는 너무도 시시하게 오 분 만에 텐트를 칠 수 있었다. 텐트 안에 매트리스와 침낭, 그리고 랜턴까지 설치했다. 완성된 걸 보니 그럴듯해 보였다.

야생 곰의 공격을 피하기 위해 음식물은 차 안에 보관해야 한다는 이야기를 듣고 '설마' 하고 의심했지만, 주의 사항이 적힌 팸플릿에 자비라고는 없어 보이는 광폭한 곰이 텐트를 무너뜨리는 그림이 너무도 사실적으로 그려져 있어 그 지시를 따랐다.

혼자 온 사람은 나밖에 없었다. 대부분 가족이나 친구들, 혹은 연인끼리 와 있었다. 숲에 친 텐트 중 내 것이 가장 작고 초라했다. 다른 텐트는 서커스 천막처럼 거대했다. 샤워실과 화장실까지 구비한 듯 보였다. 그에 비해 내 텐트는, 곰이 아니라 너구리가 슬쩍 밀어도 곧바로 무너져버릴 것처럼 약해 보였다. 어쩐지 이상할 정도로 값이 너무 싸다 싶었다.

많은 사람들이 캠핑 트레일러를 가지고 왔다. 집을 그대로 옮겨온 것만 같았다. 자고로 캠핑은 자연과 어우러져 자연을 느끼는 것이지 편하게 지내려고 오는 게 아니라고, 그럴 거면 그냥 집에 편하게 있지 왜 굳이 여기까지 왔느냐고 시비를 걸고 싶었지만, 캠핑 트레일러를 몰고 온 사람들은 대부분 인상이 사나운 큰 개를 대동하고 있어 속으로만 빈정거렸다.

그래도 처음으로 혼자 온 캠핑이었기에 나는 들떠 있었다. 혼자 분주하게 움직이며 야생 속에서 지낼 준비를 했다. 산에서는 밤이 빠르게 찾아온다. 장작을 준비해오니 이미 어둑했다. 불을 지피려 했지만 쉽지 않았다. 내 팔뚝만 한 망할 장작을 타오르게 하려고 수없이 시도했지만 쉽지 않았다. 결국 옆 텐트에 가서 비굴하게 불씨를 빌려 어렵게 불을 지폈다. 밤이 오면 몹시 추워진다는 이야기가 생각나 불씨가 꺼지지 않도록 특별히 신경 쓰다 보니 어느새 사방이 깜깜해졌다.

어두워지니 할 일이 없어 모닥불 가에 앉아 나무 타는 걸 밤늦게까지 바라봤다. 아무리 봐도 질리지 않는 광경이었다. 타닥거리며 장작이 타들어가는 소리도 듣기 좋았고, 불씨에서 전

해지는 따사로운 열기도 마음에 들었다. 그렇게 한참을 있다
보니 마음 한구석이 헛헛했다. 누군가 곁에 있으면 좋겠다는
생각이 들었지만 내 친구들은 여기서 너무 멀리, 그리고 너무
다른 곳에 떨어져 있었다. 내 곁에는 그저 어둠과 불안만이 있
을 뿐이었다.

장작이 다 떨어지고 불씨가 사그라질 때쯤 잘 준비를 했다. 하
늘을 가릴 정도로 높게 자란 나뭇가지 사이로 까만 밤하늘을
올려다봤다. 거기에는 별들이 정말 너무도 많았다. 도시에서
멀리 떨어진 곳이니 당연히 별을 많이 볼 수 있을 거라 생각은
했지만, 그렇게까지 촘촘하게 하늘을 가득 채울 줄은 몰랐다.
텐트에서 캠핑용 매트리스를 꺼내 땅바닥에 깔고 침낭을 뒤
집어쓰고 누워 별들로 가득한 밤하늘을 올려다봤다. 그 시각,
이 세계 곳곳에서 많은 일들이 일어나고 있을 것이었다. 누군
가는 죽고, 누군가는 생명을 얻고, 누군가는 사랑을 하고, 또
싸우고 미워하고 기뻐하고 고독해하고, 그리고 누군가는 나와
같이 이 별들을 올려다보고 있을 것이다.

문득 오랜 옛날, 아직 우리가 사람이기보다는 짐승에 가까워
모음만으로 이야기를 나누던 때, 밤하늘의 별이 뭔지 아무도
모를 때, 우리 조상들은 어떤 마음으로 저 별들을 올려다봤을
지 궁금해졌다.

어쩌면 나처럼 고독을 느꼈을지도 모른다.

그들 중 한 사람은 무리에서 슬며시 떨어져 나와 하늘이 잘
보이는 언덕에 올라 별들을 올려다봤을지도 모른다. 이제까
지 느껴보지 못한 감정의 무게를 가슴으로 느끼며 자신이 아

떠난다

프다고 생각했을지도 모른다. 그렇게 우리에게 첫 고독이 찾아왔을 것이다. 손에 닿을 듯 낮게 뜬 채 반짝이는 별빛 아래서 말이다.

장작은 다 타버리고 작은 불씨밖에 남지 않았다. 텐트 안으로 들어가 침낭을 누에고치처럼 뒤집어썼다. 첫날의 고독 이후 여전히 그 감정을 어떻게 처리해야 할지 모른다는 사실에, 우리는 얼마나 불안정한 존재인지 생각하며 잠들었다.

소스라치게 하는 추위에 잠에서 깨고 말았다. 사방이 짙은 파란색이었고 새벽안개가 숲속 캠핑장에 낮게, 가득히 깔려 있었다. 쓰레기통에서 주워온 종이 박스들을 태워 몸을 덥혔다. 그 순간 사슴이 안개 속에서 다가왔다. 어린 사슴이었다. 사슴을 가까이서 보는 건 처음이어서 어쩔 줄 몰랐지만, 사슴은 맞은편에서 의심 없는 큰 눈을 깜박거리지도 않고 나를 바라봤다. 내가 아무런 행동도 하지 않자 호기심에 조금 더 가까이 다가왔다. 사슴과 나는 한동안 그렇게 마주 보고 있었다. 미국에 온 이후로 항상 헛헛했던 마음 한구석이 그 순간 따뜻함으로 채워졌다.

고마웠다. 이른 새벽 내게 다가와준 어린 사슴과 그 사이에서 꺼지지 않고 초라하게 타오르던 불씨가.

그 여행이 끝나고 다시 내 자리로 돌아온 지금도, 숲에서 보낸 그 시간이 생각나곤 한다. 영혼까지 춥고 고독했던 시간, 그렇지만 나 자신에게 솔직하고 충실했던, 살면서 몇 안 되는 시간이었다. 어쩌면 이런 순간과 시간들이 쌓여 내가 더 나다워질 수 있었는지도 모른다. 그렇기에 나는 스스로를 고립시키는 여행을 할 수밖에 없는 것 같다.

떠난다

지금에 와서는 그동안 내가 머물렀고 잠시나마 스쳐갔던 도시들, 그리고 길 위에서 만나 내게 호의를 보이고 친구가 되어주었던 이들을 거의 잊었다. 내 침대 밑 상자 안에는 여행하면서 모은 구겨진 버스표와 기차표, 비행기표, 그리고 자질구레한 영수증과 내가 거기 갔었다는 걸 증명해줄 공연 티켓이나 이벤트 전단지들, 하도 접었다 폈다 해서 거의 누더기가 된 지도들이 여전히 소중하게 보관되어 있다.

머물렀던 도시나 지나온 길들을 지도에 꼼꼼하게 기록해두었다. 항상 내 덩치만 한 커다란 배낭을 짊어지고 다녔고, 낯선 장소에서 만난 사람들의 이야기에 끌려 그들 곁에 가능한 한 오래 머물렀다.

영어가 가난한 탓에 늘 주눅 들어 있었고, 현지 주민들이 날 어떻게 바라볼지 몰라 늘 겸손하고 예의 바르게 행동했다. 모든 만남이 소중했고, 그들에게 언젠가 어디서든 다시 만나자는 기약 없는 약속을 했다. 머문 곳에서는 가능한 한 작은 흔적조차 남기지 않으려 했고, 돈을 최대한 아끼고 아껴 더 멀리까지 가려 했다.

내 심장만 한 카메라를 손에서 놓지 않고 다니며 모든 순간을 기록하려고, 그리고 하나도 빼놓지 않으려고 반사적으로 셔터를 눌러댔다. 나는 낯선 장소에서 풍부해지는 걸 느꼈다. 이제까지 모르던 나에 대해 알게 되었고, 막연히 알고 있었지만 한 번도 진지하게 고민하지 않았던 일들에 대해서도 생각할 수 있었다. 여행 중에 만났던 풍경들, 사람들, 그리고 사건들이 내게 소리 없이 스며드는 걸 느꼈다.

그동안 부지런히 돌아다녔다. 마치 이곳에서 살지 않기로 작정하고 새로운 집을 찾는 사람처럼 떠돌아다녔다. 매년 짧게는 한 달에서 길게는 반년 동안 떠났다 돌아오는 일을 12년간 반복했다. 무엇이 나를 그렇게 낯선 장소로 이끌었을까?

살아가다 보면, 이곳의 일상이 버거워지고 사람들과의 관계가 부담스러워져 모든 것이 참을 수 없게 미워질 때가 있다. 그럴때면 나는 서둘러 가방을 챙겨 다가오는 재앙을 피하듯 떠났다. 그렇게 떠나 여기저기 목적지 없이 돌아다니다 보면 어느새 집이 그리워졌고, 두고 온 것들, 그리고 내가 피해온 사람들이 간절히 보고 싶어졌다. 그러면 다시 가방을 싸서 집으로 돌아왔다. 그렇게라도 일상에서 벗어났다 돌아오면 한동안은 답답함과 미움, 그리고 섭섭함이 희미해져 원래 나의 자리에서 별문제 없이 지낼 수 있었다.

언젠가부터 여행은 내게 산소통이 되었다. 그 산소통에서 산소를 조금씩 빼 마시며 나는 일상이라는 거친 바닷속에서 살아갈 수 있었다. 여행은 중독이라고 했다. 한번 중독되면 독이 빠질 때까지 길 위를 헤매야 하는 것이다.

떠난다

당신의 여행이 무엇인지 나는 알고 있다. 눈에 익숙하지 않은 풍경을 직접 보며 감탄하고, 여행이 아니면 마주칠 일 없는 낯선 사람들과 인연을 만들고, 인생에 남을 추억을 만들고 싶을 것이다. 나의 여행도 비슷했으니까. 하지만 지금의 내 여행은 당신들의 여행과는 다른 것이 되었다.

언젠가부터 나의 여행은 현실에서 잠시 벗어날 수 있는 '피난'이고, 조금 과장되게 의미를 부여한다면, 나를 더 자세히 들여다보게 하는 '돋보기' 같은 것이었다. 그래서 나는 여행을 통해 나에 대해 더 많이 알게 되었다. 그렇게 여행은 나를 지금의 모습으로 만들었다.

무엇이 되지 않더라도

이곳에서 살아가기 위해

#1 안녕! 어제와 오늘

돌아가는 비행기표를 받아 여권 사이에 끼워 재킷 안주머니에
넣어두고, 그게 내가 가진 마지막 히든카드라도 되는 것처럼
몇 시간째 만지작거리고 있다. 아직 비행기에 타지도 않았는
데 비행기표는 벌써 꼬깃꼬깃 구겨져 있었고, 나는 히스로 공
항 대합실의 시계처럼 탑승구가 열릴 때까지 근처를 돌고 있
다. 그러다 면세점으로 걸어가, 돌아가면 친구들과 나눠 마실
까 싶어 양주 코너에서 서성이며 위스키 병을 들었다 놓기를
반복하지만 나는 결국 사지 않을 것임을 안다.

그리고 탑승 게이트로 돌아와 의자에 앉아 이번 겨울에 길에
서 보낸 시간을 생각해보려 하지만, 이미 너무 까마득한 일이
되어버려 아무것도 기억나지 않는다. 다만 외롭거나 긴장할
때면 버릇처럼 이빨로 씹어대던 나의 왼쪽 팔목에 난 상처를
만지작거렸다. 결국 또 돌아간다.

하지만 그렇다고 해서 나의 여행이 끝난 건 아니다. 서울 집에
있을 때도 여행 중이었고, 친구를 만나 저녁을 먹고 있을 때도
여행 중이었다. 그녀를 만나고 있었을 때도 여행 중이었다. 그
래, 난 언제나 여행 중이었다. 내가 지나쳐온 길은 과거이고,

무엇이 되지 않더라도

지금 걷는 이 길은 현재이고, 그리고 아직 가보지 못한 길은 나의 미래라고 생각했다.

서른 살의 나는 길을 잃을까 봐 두려워했고, 메마른 사막 위에서 외로워 울었다. 서른세 살의 나는 더 이상 길을 잃을까 봐 두려워하지는 않았다. 세상 모든 길이 결국 집으로 연결되어 있다는 걸 알게 되었으므로. 그리고 낯선 길 위에서 혼자라는 사실에 외로워 울지도 않게 되었다.

외로움, 초라함, 그리고 고독함을 내 여행의 일부분으로 받아들이는 법을 배웠기 때문이다. 사람은 어떤 식으로든 발전하게 되어 있고 적응하게 되어 있다. 그래서 나는 길 위에서 나이가 조금 더 들었고, 이제는 불안한 소년에서 담담한 어른이 되었는지도 모른다.

그렇다고 해서 달라질 것은 그리 많지 않을 것이다. 나는 새로운 세상으로 또다시 떠날 것이고, 또다시 집으로 돌아올 것이다.

#2 안녕! 내일

집으로 돌아올 때마다 나는 이제 더 이상 여행을 떠나지 않을 거라고 마음먹었다.

빠이의 흙먼지 날리는 산길도 안녕.
미국 중부의 아무것도 없는 사막도 안녕.

떠난다

아이슬란드의 외로운 말들도 안녕.

비에 눅눅해진 런던의 공기도 안녕.

햇볕에 녹은 말라가의 아이스크림도 안녕.

팍세의 4,000개 섬 위로 지는 불타는 해도 안녕.

나일강에서 보이는 반짝이는 피라미드들도 안녕.

팀푸의 바람에 흔들리는 마리화나 잎들도 안녕.

우루무치 공항을 채우고 있는 기름진 음식 냄새도 안녕.

로바니에미의 금붕어색 오로라도 안녕.

이르쿠츠크의 언 호수에서 나는 맹꽁이 소리도 안녕.

야세八瀬의 파란 새벽도 안녕.

이런저런 변명거리로 결국 연결되지 못한 인연들도 이젠 안녕.

그리고 이제야 만나게 돼서 반가워요.

#3 안녕! 모레

너무 많은 시간 동안 밖으로만 나돌았다. 이제 난 이곳에서 여행자처럼 머물며 그동안 끝맺지 못한 글을 쓰고 싶다. 아직 낯선 어딘가를 헤매고 있는 당신의 행운과 무사를 기원한다. 당신은 모험가, 새로운 이야기를 들려준 이야기꾼. 그리하여 세계를 더 낭만적으로 만들 것이다.

세상은 그리 크지 않으니 우리는 한 번이라도 마주쳤을지 모른다. 그러나 그곳에서 나는 혼자였다. 모든 것이 좋았지만, 나는 외로웠고 고독했으며 심심했다. 내 여정 안으로 다른 사람이 들어오길 늘 바랐지만 그러기에는 너무 수줍었다. 아니, 솔직히 이기적이었다. 어쩌면 당신도 나와 같았을까?

가고 싶은 곳도 보고 싶은 풍경도 아직 많지만 나는 지친 것 같다. 집을 떠나는 것에, 그녀에게서 떨어져 있는 것에 말이다. 내가 되고 싶었던 건 여행 작가도 자유로운 새 같은 것도 아니었다. 낯선 장소에서 시간이 흐르는 것, 다른 사람들이 아직 가보지 못한 길을 걷고, 나와는 다른 사람을 만나는 것이 좋았다. 그것이 날 바다처럼 넓게 만들어주기 때문이었다.

하지만 두 발이 있기에 나는 계속해서 가보지 못한 곳을 꿈꿀 것이다. 별 재주가 없는 내가 할 수 있는 건, 떠나는 일뿐이다.

혹시 당신과 내가 어딘가에서 만나게 된다면, 서로를 알아보고 반갑게 인사합시다.

떠난다

몰래 버려두고 오기, 그리고 슬쩍 품에 담아오기

"내가 여기가 아닌 다른 길 위에 있다면…….."

중학교 때 동네 시립 도서관에 앉아 이런 생각을 했었다. 그날은 새 학기가 얼마 남지 않은 겨울방학의 일요일 오후였다. 그때 난 세계지도를 보고 있었다. 수도 없이 봐온 지도여서 눈을 감고도 내가 살고 있는 이 세상이 어떻게 생겼는지 알 수 있었지만, 그 지도 안을 채우고 있는 것들에 대해서는 알지 못했다. 그때까지 내가 알고 있는 세상은 TV와 책, 그리고 영화에서 본 것이 전부였다. 그것들을 통해 가본 적 없는 세상이 얼마나 낯설고 환상적인지 어렴풋이 알 수 있었다. 그렇지만 언젠가 브라운관 속 세상이 아닌 진짜 세상을 보고 싶다고 생각했다. 하지만 시간이 얼마나 지나야 여행을 떠나 내 눈으로 세상을 직접 볼 수 있을지는 알 수 없었다.

열다섯 살짜리 소년에게 시간은 참을 수 없을 정도로 더디게 흘렀고, 세상은 너무 멀고도 거대한 것이었다. 언젠가 떠날지도 모른다는 막연한 기분으로 낯선 세상을 향해 정말로 떠나는 꿈을 꾸면서, 그날 열람실 창밖으로 지는 해를 바라보며 아주 깊은 한숨을 내쉬었던 것 같다.

"내가 진짜 떠나온 것일까?"

그날 이후 시간은 타임랩스처럼 잽싸게 흘러버렸고, 호주 한 가운데 황무지에서 서쪽 해변 도시로 가는 버스를 기다리며 낯선 풍경을 바라보면서 이런 생각을 했다.

나를 둘러싸고 있는 모든 것이 이질적이었다. 어느 날 아침 침 대에서 눈을 떠보니, 내가 전혀 다른 장소로 공간 이동을 한 것처럼 모든 게 꿈같고 농담 같았다. 하지만 나는 그 뜨거운 햇살과 건조한 바람, 그리고 광활한 돌무더기 황무지에 눈물이 날 정도로 감격했었다. 그제야 내가 그렇게 고대하던, 새로운 세상을 여행하는 중이라는 사실을 실감했기 때문이었다.

그 순간부터 나는 낯선 길에 대한 열병에 걸리게 되었고, 세상이 그리 멀지 않은 곳에 있다는 것을 알게 되었다. 가능하면 더 많은 곳을 더 오랫동안, 그리고 더 자주 가고 싶었다. 하지만 다른 사람들과 마찬가지로 계속 떠날 수는 없었다. 새로운 길을 떠나는 것보다 더 중요한, '현실'이라는 벽이 내 앞을 가로막고 있었기 때문이다.

일을 해야 했고, 내 세상에서 어떻게든 안정된 자리를 잡아야 했으며, 내 또래 친구들처럼 제대로 된 어른도 되어야만 했다. 그 누구도 그러라고 강요하진 않았지만, 나이가 들면서 저절로 알게 되는 사실이기에 나 역시 다른 아이들처럼 그 일에 충실하려 했다. 하지만 천성적으로 뇌 신경에 뭔가가 결핍되었거나 하자가 있는지 나는 내가 있는 이 자리가 불편하게 느껴졌다. 마치 다른 사람의 자리를 잠시 빌려 차지하고 앉아 있는 것만 같았다. 항상 머릿속으로는 여행을 꿈꿨고, 내가 가봤던 길과 가보지 못한 길을 마음속에 그리며 살았다.

떠난다

그래서일까? 나는 이곳에서 좀처럼 내 자리를 찾지 못했고, 어떤 일에도 만족할 수 없었다. 언제나 주변만 맴도는 신세가 되었다. 이렇게 붕 떠 있는 내 모습을 볼 때마다 아버지는 나를 나무라며 이렇게 말씀하셨다.

"머릿속에 바람이 들어찼구나."

머릿속에 바람이 들어찼을지언정 여행은 내게 경이로운 것이었다. 평범한 나를 특별하게 만들어주고, 이제까지 느껴보지 못한 많은 기분을 낯선 풍경 안에서 느끼게 해주는 마법 같은 순간이었다. 그렇기에 나는 더욱 떠나는 일에 몰두했다.

어디라도 상관없었다. 내가 멈춰 선 곳이 목적지였고, 내가 걷는 모든 곳에서 언제나 여행 중이었다. 그동안 낯선 길에서 만난 수많은 사람들에게서 그들이 살아온 방식이나 그들 인생의 역사를 들을 수 있었다. 모두들 저마다의 이야기를 가지고 있었다.

핀란드에서 만난 마리라는 여자는 "여행은 매일매일 반복되는 지긋한 인생의 수레바퀴 안에서 여생을 버틸 풍성한 추억"이라고 말했고, 러시아 횡단 열차 안에서 만난 술주정뱅이는 "우리에게 더 이상 충분한 시간은 없어. 그래서 우리는 늦기 전에 길을 떠나야 해"라는 명령을 내렸으며, 아이슬란드에서는 "청춘은 불안이고, 그 불안이라는 연료로 우리가 더 앞으로 나아갈 수 있다"는 이야기도 들었다. 마지막으로 미국 버펄로에서 만난 친구에게서는 "사람이 살아가면서 산처럼 높아지는 것이 꼭 정답은 아니고, 바다처럼 깊고 넓어지는 것도 하나의 살아가는 방법"이라는 이야기를 들었다.

내가 내린 정의가 아니라 모두 그들의 경험과 인생에서 나온 여행의 정의였지만, 나는 그들의 말에 동의할 수 있었다. 낯선 길 위에서는 그들이 나였고 내가 그들이었기 때문이다. 뭔가 찾아 헤매는 우리는 모두 같은 생각을 하고 있었으니까.

많은 여행 중에서도 특히 기억에 남는 여행이 두 번 있었다. 첫번째 여행은 다니던 회사에서 잘리고 떠난 미국 여행이었다. 그때 나는 가지고 있던 거의 모든 걸 팔아서 마치 다시는 돌아오지 않을 사람처럼 떠났었다. 미국에 도착해서 내가 처음 한 일은 쓸 만한 중고차를 산 것이었다. 그다음에는 미국 전도를 구해 내가 열광하는 잭 케루악의 『길 위에서』의 주인공 샐과 딘이 떠났던 길을 지도 위에 그려 넣고, 그 길을 따라 성지순례하듯 미국 전역을 세 계절 동안 차로 떠돌아다녔다.

115

마치 여행자가 아니라 이제는 여행이 생활이 된 떠돌이처럼 말이다. 나는 그 여행에서 조금 묵직한 어른이 된 것 같다. 그동안 살아오면서 가득 채워온 많은 욕심과 허세를 덜어낼 수 있었고, 고독을 스스로 달래는 법을 조금은 배웠다.

끝없이 연결된 길 위에서 나는 너무도 작고 하찮은 존재였다. 한국으로 다시 돌아왔을 때 나는 봄날 나비의 날갯짓처럼 한없이 가벼워져 있었다. 다시 시작할 마음이 생겼고, 이제껏 세워본 적 없던 계획이라는 것도 세울 수 있었다. 그때 나이 서른 살이었지만, 시간을 거슬러 한 살이 된 것처럼 모든 게 홀

떠난다

가분하고 새로웠다.

그리고 두 번째 여행은, 어머니가 갑자기 편찮으시면서부터 시작됐다. 그때 힘들게 투병하는 어머니를 지켜보는 게 너무 괴로워, 나의 마음은 아무리 채우려 해도 채워지지 않는 텅 빈 배처럼 공허했다.

그렇게 시간을 보내다 자포자기하는 심정으로 하얀 눈을 따라 떠나, 러시아와 북유럽, 그리고 아이슬란드에서 내 인생에서 가장 길었던 겨울을 보냈다. 눈 속에서 살아가는 많은 소박한 사람들을 만났고, 그동안 읽지 못했던 책들을 가방 한가득 가지고 다니며 겨우내 저장해둔 도토리를 꺼내 먹는 다람쥐처럼 아껴가며 읽었다. 그 겨울 여행을 통해 텅 비어 있던 마음을 조금은 따뜻한 온기로 채울 수 있었다. 다른 사람들을 바라보는 따뜻한 시선을 느꼈고, 결국 내가 살아갈 곳이 어디인지를 어렴풋이 알게 되었다.

두 여행 모두 현실로부터 도망치듯 떠난 도피 여행이었지만, 분명 그 시간을 통해 내 인생은 좀 더 따뜻해졌고, 나는 좀 더 넓고 잔잔한 마음을 가질 수 있었다.

우리는 계속 떠나야 한다. 우리에게는 두 다리가 있고, 두 눈은 앞을 향해 있기 때문이다. 스스로를 위로하는 방법을 여행을 통해 배우길 바란다. 그리고 여행을 통해 우리 안에 있던 더럽혀진 마음과 필요 없는 생각을 씻어내고, 그곳에 버려두고 오길 바란다. 또 그곳에서 우리에게 결핍된 무엇인가를 슬쩍 주워 품에 담아오길 바란다. 그것을 받아들여 잘 익은 사과 알처럼 탐스럽게 살아간다면 좋겠다.

계속 꿈꾸길 바란다. 그게 하룻밤의 꿈이거나 평생 말로만 떠벌리는 꿈일지라도 우리는 꿈꿔야 한다.

그리고 꿈꾸는 사람을 깨워서도 안 된다!

떠난다

너에게서 내가 했던 말들을 들었을 때

여행을 하면서 여럿이 머무는 호스텔에 묵으면 여행자를 많이 만날 수 있다. 같은 처지여서일까? 우리는 서로를 자석처럼 끌어당긴다. 서로를 알아볼 수 있다. 처음에는 서로 눈치만 보고 어색해하지만 누군가 먼저 이야기를 시작하면 너무도 쉽게 마음의 빗장이 풀렸다.

여행 중에 만난 사람들은 모두들 친절하고 배려가 뭔지 안다. 행색이 초라해도, 지칠 대로 지쳐도 우리는 모두 천사처럼 선해 보인다. 그리고 모두 외로운 뒷모습을 가지고 있다. 그렇게 보이는 건, 우리 모두가 마음에 담을 수 없는 풍경 속을 오랫동안 혼자 여행했기 때문일 것이다.

여행자들은 저마다 이야기를 가지고 있다. 그건 내가 읽었던 그 어떤 책에도 나오지 않는, 아직 발표되지 않은 이야기들이다. 그들은 길에서 경험한 이야기를, 지도에는 나와 있지 않지만 어딜 가봐야 하는지를, 그리고 자신들이 살아온 이야기를 슬며시 고백한다. 특히 나는 그들이 여행을 하는 이유와 그들이 어떻게 살아왔는지에 대해 듣는 걸 좋아한다. 그런 이야기를 듣다 보면 유대감과 존경심이 일고, 그들의 여정을 동경하게 된다.

나는 기본적으로 사람을 싫어한다. 사람들은 모두 이기적이고 천성적으로 못됐다는 편견이 있다. 그러나 낯선 길에서 만난 여행자들은 다르다. 고된 여행을 한 그들은 평소에는 닫혀 있던 마음의 껍질을 깨고 진심을 보여주고 싶어 하는 것 같다. 그래서 그들에게는 가식과 허세 따위는 없고 스스로에 대한 자부심이 대단하다.

포틀랜드 호스텔에서 한국 남자를 만나 이야기를 나눴다. 그는 멕시코 국경 지역부터 캐나다 국경까지 이어진, 미국에서 가장 긴 산맥인 퍼시픽 크레스트 트레일Pacific Crest Trail을 걸어서 종단하고 있었다. 최소 4개월에서 7개월이 걸리는 거리였다. 이제 반 정도 걸었고 앞으로 그가 산에서 보낸 시간만큼 더 걸으면 완주할 수 있다고, 스스로 대견해하며 말했다. 정말이지 그의 여정은 자랑할 만한 이야기였다. 그는 뜨거운 햇살에 까맣게 그을려 있었고, 고된 여행으로 다져진 몸은 건강해 보였다.

해외여행은 이번이 처음이라고 했다. 나는 그에게 많은 나라 중 왜 미국을, 왜 하필 그 험한 산길을 택했는지 물었다. 이유는 간단했다. 그는 부산에서 태어나 바다를 좋아했다고 한다. 어느 날 본 영화가 그를 여기로 이끌었다. 그 영화는 나도 본 적이 있었다. 〈와일드Wild〉라는 영화로, 여자 주인공이 엄마의 죽음 이후 슬픔을 극복하고 상처를 치유하기 위해 그가 지금 걷고 있는 길을 걸어서 종단하는 내용이었다. 인상적인 영화이긴 했지만 내게는 그 이상의 감동을 주지는 못했다. 하지만 그에게는 달랐다. 그 영화를 본 후 그는 매일같이 꿈을 좇듯 영화 속 주인공이 갔던 길을 지도에 표시하고 정보를 찾으며 몇 달을 보냈다. 그리고 1년 넘게 철판볶음밥집에서 아르바이트를 하면서 경비를 모았다.

〈와일드〉를 본 지 1년 3개월 만에 그는 준비를 끝내고, 미련 없이 이번 여정을 시작했다. 아무도 그가 가려는 여정에 대해 몰랐기 때문에 가족은 물론 친구들 중 말리는 사람이 아무도 없었다. 만약 주변 사람들이 그가 가려는 길이 어떤 길인지 알았다면 모두들 말렸을 텐데 말이다.

그의 이야기를 들으며 10년 전 내가 달렸던, 미국의 66번 도로가 생각났다. 나도 그처럼 순수하게, 잭 케루악의 『길 위에서』를 읽고 그 책의 주인공들이 달렸던 그 도로를 동경해, 230일 동안 미국 전역을 자동차로 여행했다. 무모한 시절이었다. 지금 생각해보면 나는 그런 여행을 할 만한 아무런 준비도 되어 있지 않았다. 그 여행을 끝낼 수 있었던 건 기적이었거나 순전히 운이 좋아서였을 것이다.

그의 이야기를 듣고 무모했던 내 미국 횡단 여행 이야기를 해주고 싶었으나, 그에게는 그의 여행을 증명하고 응원해줄 사람이 필요해 보였기에 그의 이야기를 진심을 다해 들었다. 이야기를 하는 내내 그는 정말 신이 나 보였고 스스로 뿌듯해했다. 그 모습이 참 보기 좋았다. 그는 내가 한때 갖고 있었지만 지금은 시들해진, 여행에 대한 열정으로 가득 차 있었다.

나도 그랬을까? 길 위를 달리고 있었을 때 나도 저런 눈을 하고 있었을까? 하는 생각이 들었다. 아마 그랬을 것이다. 동경하는 사람들의 모습은 모두 비슷할 테니.

무엇이 되지 않더라도

마지막으로 그에게 물었다.

"그런 고행 같은 여행을 하는 목적이 뭐예요?"

그는 머뭇거리다 말했다.

"꿈이었어요. 오래된 꿈은 아니지만……."

나는 당연히 대단한 목적이 있을 거라 생각했다. 그 길고 힘든 길을 걷는데 그저 꿈이었다고 하니 조금 시시했다. 내 마음을 읽었는지 그가 말했다.

"걸으면서 만난 사람들이 자주 물어요. 목적이 뭐냐고. 솔직히 그런 건 생각해본 적 없어요. 저는 걷는 게 좋고, 힘들게 오른 산 정상에서 내려다보는 풍경이 너무 좋아요. 또 어쩌다 마주치는 저 같은 여행자들과 이야기를 나누는 게 좋아요. 그게 전부예요. 만약 특별한 목적이 필요하다면 나중에 이 여행이 끝나고 생각해볼래요."

정말로 근사한 답변이었다. 사람들이 내게도 여행하는 목적을 묻곤 했다. 다들 특별한 답을 듣고 싶어 한다. 나도 별다른 목적은 없다. 그저 가는 거다. 그뿐이다.

책을 몇 권 내고 나니 사람들이 더욱 집요하게 묻는다. 별다른 목적이 없었다고 사실대로 말하면 실망할까 봐 적당히 치장해서 여행의 목적을 말하기도 했다.

하지만 정말로 솔직히 별다른 목적은 없다. 여행을 통해 무엇을 얻고 싶지도 않다. 그저 길을 갈 뿐이다. 거기서 얻은 게 있고 느낀 게 있다면 그건 대부분 여행 중이 아니라 여행이 끝나고 일상으로 돌아와 어렴풋이 느낀 것이리라. 여행 중에는 정작 모른다. 여행은 온전히 받아들이는 시간이기 때문이다.

늦은 밤 그와 작별 인사를 했다. 아마 우리는 다시 만나지 못할 것이다. 그는 나를 여행 중에 만난 무수히 많은 사람들 중 하나로 기억하겠지만, 나는 그를 이번 여행에서 가장 인상적인 사람으로 기억할 것 같다. 그가 안전하게 여행을 마쳤으면 좋겠다. 그리고 여행이 끝난 뒤 일상으로 돌아가, 길고 고되었던 여행의 목적을 발견했으면 한다.

내 서른 살의 여행처럼……

무엇이 되지 않더라도

그는 항상 다른 모습으로 온다

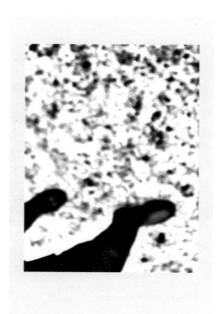

무엇이 되지 않더라도

1

"샌프란시스코 가는 거 아니었어?"

그는 내가 건넨 샌프란시스코행 버스표를 손에 들고 대답했다.

"맞아. 이번 버스를 탔어야 했는데. 지갑이 없어져서."

"그래 보이더라."

"너 여기 사니?"

"여행 중이야."

"샌프란시스코에서 며칠 머물러? 다시 만나서 돈을 갚을게."

"그러지 않아도 괜찮아. 난 곧바로 다른 버스로 북쪽으로 올라가야 해."

"버스비는 어쩌고?"

"다음에 이런 일이 생기면 그땐 네가 다른 사람을 도와줄래?"

127

"너 예수니?"

버스 터미널 개찰구에서 그를 봤을 때 행색이 초라해 보이지는 않았지만 어쩐지 곤란한 표정을 짓고 있었다. 뭔가를 다급히 찾는지 가방 주머니와 바지 주머니를 하나하나 뒤지고 있었지만 원하는 걸 찾지 못하는 듯 보였다. 분명 지갑을 찾고 있었을 것이다. 누구에게나 이런 일은 간혹 일어나니까.

떠난다

그가 건넨 5달러를 받아 들고 나는 말했다.

"지갑을 안 가지고 왔네."

"그래 보였어."

"이 돈을 받아도 될지 모르겠어. 꼭 갚을게. 너 여기 사니?"

"혹시 다음에 만나면 갚아. 그런데 이런 경우가 생기면 다음
에는 네가 도와줘."

내 머릿속에 비슷한 장면이 떠올랐다. 나는 그가 준 돈을 받아
들고 미소를 지으며 그에게 물었다.

"너 예수니?"

누군가를 돕는 일. 내게는 큰일이 아니지만 상대방에게는 그
순간 절실한 도움이 되는 일. 내게는 일어나지 않을 것 같지만
살다 보면 기적처럼 그런 일이 일어나기도 한다. 그때 도움을
주고 싶지만 내 일이 바쁘거나 귀찮아서, 그리고 내가 너무 나
서는 건 아닐까 싶어 망설이곤 한다. 언젠가 본 영화에 나왔던
대사를 기억하고 있다.

'신은 언제나 다른 모습으로 찾아온다.'

반드시 신을 염두에 두거나 그에 따른 보상을 기대해서 그러
는 건 아니다. 그저 나를 돕듯이 다른 사람을 배려하면 언젠
가 기적처럼 그걸 돌려받기도 한다. 그게 내가 꿈꾸는 삶이다.

무엇이 되지 않더라도

비록 우리가 물을 포도주로 바꾸거나 물 위를 걷거나 빵 몇 조각과 생선 몇 마리로 모두를 배부르게 할 수는 없지만, 적어도 누군가에게는 세상이 아직은 살아볼 만한 곳이라고 느끼게 해줄 수는 있다.

당신이 행운이고 사람이 기적이다.

떠난다

셋보다 좋은 둘, 그리고 둘보다 좋은 혼자

스웨덴의 작은 도시 말뫼Malmö에서 만난 소녀가 물었다.

"혼자 여행하면서 가장 힘든 게 뭐야?"

그러자 소녀 옆에 있던 볼이 붉은 친구가 말했다.

"어디론가 이동할 때 심심한 거!"

"아니. 어쩌면 외로운 건지도 몰라." 소녀가 말했다.

그리고 내가 대답했다.

"예전에는 혼자 여행할 때 가장 힘든 게 외로움이었어. 어찌나 외롭고 고독한지 누군가 내게 관심을 보이면 꼬리를 미친 듯이 흔드는 강아지처럼 좋아했지만, 지금은 그 외로움도 견딜 만해졌다고 해야 하나. 물론 지금도 외롭긴 한데 그때처럼 죽을 듯이 힘들지는 않은 것 같아."

이어서 볼이 붉은 소녀가 물었다.

"그럼 혼자 밥 먹는 건 어때?"

"그건 문제도 아니지. 그냥 적당히 때울 수도 있고 아무 때나 내가 먹고 싶으면 먹을 수 있어서 오히려 편한 것 같은데." 내가 말했다.

"그럼 뭐가 있을까? 혼자 다니면 위험한 거?"

소녀가 물었고, 내가 대답했다.

"아무래도 여럿이 다니는 것보다 위험하긴 하지만 대부분은 조심하며 다니지. 아무래도 혼자이다 보니까."

그들은 스웨덴어로 이야기를 나누다 결국 결론을 내리지 못했는지 정답을 말해주길 기다리는 아이처럼 내 입만 바라봤다. 나는 말했다.

"여러 가지 이유가 있겠지만 내가 생각하기에 그중에서 가장 타당한 건, 아무리 좋은 걸 봐도 혼자 보면 그게 좋다는 걸 잘 못 느낀다는 거야. 서로 이야기하면서 봐야 더 좋잖아. 하지만 나이가 들어서 그런지, 아니면 혼자 여행하는 방법을 터득해서 그런지, 이제는 심심한 것도 여행의 일부가 된 것 같아."

그러자 그들이 말했다.

"그래도 우리라면 못할 것 같은데. 어떻게 혼자서 몇 달씩 여행을 해! 생각만 해도 재미없을 것 같아."

그러고는 한동안 이런저런 이야기를 나누다 나는 뭔가 생각나서 그들에게 말했다.

131

"생각났어! 혼자 여행 다니면 가장 힘든 점."

그들은 뭔가 대단한 가르침을 받는 제자들처럼 내 말에 귀를 기울였다.

"화장실에 가고 싶은데 짐 봐줄 사람이 없어서 무거운 배낭을 짊어지고 화장실에 갈 때 정말 힘들어. 가뜩이나 작은 화장실에 배낭을 메고 들어가는 것도 여간 번거로운 게 아니고, 마땅히 내려둘 곳도 없어서 계속 메고 있어야 하니까. 아마 난 혼자 여행하면서 가장 힘들었던 게 그거 같아."

그러자 그들은 나를 빤히 바라보며 시시하다는 표정을 지었다.

"겨우 화장실 갈 때 짐 봐줄 사람이 없는 게 혼자 여행하면서 가장 힘든 점이라고? 뭔가 좀 더 극적이고 감성적인 게 있을 줄 알았는데."

사람은 혼자서 살 수 없어 무리 지어 산다. 그건 역사가 증명하고 있다. 인간을 두고 사회적 동물이라 부르니까. 그리고 사람은 특히 외로움을 잘 타는 동물이다. 그렇기에 자기와 비슷한 사람과 살을 맞대고 살면서 외로움을 해갈해야 한다.

나는 외롭게 살고 싶지 않다. 은둔자처럼 산속에 나무로 집을 짓고 혼자서 고립된 채 살고 싶지도 않고, 깨달음을 얻기 위해 무릎으로 기어서 길을 따라 고행하는 순례자가 되고 싶지도 않다. 내가 좋아하는 사람들과 어울려 서로 위로하고 때로는 오해하며, 같이 지지고 볶으면서 살아가고 싶다.

하지만 때로는 혼자이고 싶다. 대개 이렇게 여행을 떠날 때면 나는 반드시 혼자 떠난다. 약속을 정해서 같이 떠날 한가한 친구도 없고, 여행을 하면서 누군가를 배려하는 친절함 따위는 내게 없기 때문이다. 그리고 무엇보다 얄팍한 인간관계에서 벗어났다는 홀가분함을 느끼고 싶은 마음 때문이다.

혼자 떠나면 그 대단하다는 관광지들이 시답지 않게 보인다. 아무리 맛있는 음식을 먹어도 맛있지가 않다. 그리고 뭔가를 사는 것 역시 별 흥미를 느끼지 못한다. 좋은 건 나누면 배가 되는 법이지만 혼자서는 나눌 상대가 없기에 무작정 길을 걷고 여기저기 기웃거리고 남의 일에 참견한다. 그러다 보면 사람들 속에 있던 내가 아닌, 다른 나의 모습을 보게 된다.

낯선 여행지에 혼자 있는 내 모습은 밥이라도 한 끼 사주고 싶을 정도로 초라해 보인다. 아니 어쩌면 집을 잃은 고양이처럼 애처로워 보일 수도 있다. 하지만 나는 그게 좋다. 혼자여서 남을 배려할 일이 없고, 왼팔을 뜯어 먹을 만큼 외로워하며 다른 누군가를 그리워하게 되는 것이 마음에 든다. 그리고 내 안에 숨 쉬고 있는 나약한 짐승에게 말을 걸고 쓰다듬을 수 있어 좋다.

물론 이제까지 가본 적 없는 곳으로 혼자서 떠나는 건 쉬운 일이 아닌 게 분명하다. 하지만 이 모든 불편과 걱정을 감수할 만큼 혼자 하는 여행에는 분명 매력이 있다.

한편 이런 희망을 가지고 있다. 언젠가 사랑하는 사람과 그동안 혼자 갔던 여행지를 나란히 걸으며 내가 봤던 풍경을 보여주고 싶다.

133

떠난다

먹는 괴로움

#1

저주를 받은 게 분명하다.

그렇지 않고서야 나처럼 먹는 것에 관련된 모든 걸 미워하는 사람도 드물 것이다. 어린 시절부터 그랬다. 절대 먹지 않으려는 나와 필사적으로 한 숟가락이라도 더 먹이려는 엄마 사이에 다툼이 끊이지 않았다.

나이가 들어서도 먹는 게 귀찮아서 생존할 수 있을 만큼만 먹고 있다. 식당에 가는 것도 싫고 무엇을 먹을지 고민하는 것도 번거롭고, 직접 요리를 하는 것에도 전혀 취미가 없다. 심지어는 다른 사람들이 SNS에 올린 음식 사진도 보고 싶지 않을 정도다.

늘 바라왔다. 알약 한 알로 끼니를 대체하는 것까지는 기대하지도 않고, 그저 우주인의 식량처럼 간단하게 먹을 수 있는 음식이 나오길. 하지만 장담하건대 내가 살아 있는 한 그런 건 절대 상용화되지 않을 것이다. 이 세상 사람들은 모두 먹는 즐거움에 빠져 있고, 맛집이나 요리사들을 숭배하고 존경하기에 그런 건 절대 용납하지 않을 것이다.

이왕이면 더 맛있는 음식을 맛보기를 더욱더 원하는 시대에 살고 있다. 마치 고대 로마인들이 음식에 탐닉했던 것처럼 모두들 맛있는 음식에 열광한다. 나는 그런 것에 지친다. 어쩌면 먹는 즐거움을 모르는 나는 친구들의 말처럼 인생의 즐거움을 모르는지도 모른다. 하지만 먹고 마시는 일이 아니어도 나는 충분히 즐겁다.

#2

우리가 만난 건, 내가 매일 오전에 커피를 마시며 작업하는 카페에서였다. 매일 그곳에 가다 보니 카페 주인인 폴과 미스티와 친해졌다. 따로 주문하지 않아도 그들은 늘 내가 마시는 커피를 만들어주며 "넌 이것만 마시니까"라고 할 정도로 나를 잘 알게 되었다. 이 카페에서는 음악을 LP로 틀었다. 난 잠시 머무는 사람이라 턴테이블이 없어서 여행 와서 산 LP를 들을 수가 없으니 내 LP를 가지고 오면 틀어줄 수 있는지 물었다. 그들은 "물론"이라고 대답했다. 그래서 나는 그들의 카페에 갈 때마다 LP를 한 장씩 챙겨가 그걸 들었다.

어느 날 그녀가 내게 말을 걸었다. 그녀는 나를 여기서 몇 번 봤고, 올 때마다 LP를 가지고 와서 듣는 게 인상에 남았다고 했다. 그렇게 우리는 이야기를 나누기 시작했다. 그녀는 시카고에서 레스토랑과 바를 운영한다고 했다. 그래서 몇 달에 한 번씩은 도시들을 여행하며 소문난 레스토랑에 가서 경영은 어떻게 하는지, 음식은 어떤지 본다고 했다. 무엇보다 그녀는 새로운 음식을 맛보는 걸 좋아한다고 했다. 그러면서 이 근방에 있는 괜찮은 레스토랑을 알려달라고 했다.

나는 레스토랑에는 가지 않고 숙소에서 대충 먹는다고 했다.

그리고 무엇보다 먹는 걸 좋아하지 않는다고 했다. 그녀는 그럼 무슨 음식을 해 먹는지 물었다. 나는 슈퍼마켓에서 산 냉동식품을 데워 대충 먹는다고 했다. 그러자 그녀는 어떻게 그런 것만 먹고 살 수 있느냐고 경악했고, 또 어떻게 먹는 걸 안 좋아할 수가 있느냐면서, 마치 내가 큰 병에 걸린 사람이라도 되는 듯 측은하게 바라봤다. 여기까지 왔는데 냉동식품 같은 것만 먹으면 안 된다고, 무조건 맛있는 음식을 맛봐야 한다면서 먹는 즐거움을 이해시키려 했지만, 내가 전혀 공감하지 못하자 답답해했다.

나는 "사람은 저마다 다르니까요"라고 하니, 그녀는 "그래도 먹는 건 사는 데 있어 가장 중요한 부분"이라고 말했다. 그녀는 한참을 생각하더니 자기가 이곳에서 엄마처럼 식사를 챙겨주겠다고 했다. 그녀는 내게 저녁에 약속이 있는지 물었고, 나는 별다른 일이 없다고 했다. 그러자 그녀는 여섯시에 여기서 만나자고 했다.

그녀가 나를 데리고 간 곳은, 내가 이름조차 발음할 수 없는 스페인 레스토랑이었다. 유명한 맛집인지 사람들이 줄을 서서 기다리고 있었지만, 그녀가 예약을 해두어서 우리는 곧바로 자리에 앉았다. 메뉴판이 있었지만 난 아무리 봐도 뭐가 뭔지 알 수 없어 그녀에게 모든 걸 맡기기로 했다. 그녀는 자기가 알아서 하겠다면서 능숙하고 우아하게 음식을 주문했다.

먼저 스페인산 레드 와인이 나왔다. 에피타이저로 올리브를 조린 '스페니시 키스spainish kiss'와 훈제 연어가 나왔고, 곧 타파스로 문어를 마늘에 볶은 요리와, 삶은 감자를 튀긴 후 그 위에 치즈를 얹은 요리가 나왔다. 그걸로 끝난 줄 알았다. 하지만 접시를 비울 때쯤 손바닥만 한 통새우 세 마리를 얹은 핀초가 나왔다. 그것을 겨우 다 먹자 이번에는 블루베리 잼이 폭포처럼 흘러내리는 치즈 케이크와 초콜릿 아이스크림이 디저트로 나왔다.

더 이상 먹을 수 없었지만 그녀가 너무도 기대에 찬 표정으로 날 바라보고 있어, 말 그대로 억지로 입안에 꾸역꾸역 밀어넣었다. 그녀의 배려와 친절을 거절할 수 없었다. 잘 먹는 내 모습을 보고 그녀는 몹시 기뻐했지만 솔직히 내게는 곤욕스러운 시간이었다. 맛이 없었던 건 아니다. 다만 너무 많은 음식들이 공장의 컨베이어벨트에 올려진 듯 쉬지 않고 줄지어 나오니 부담스러웠다.

그 저녁 이후 포틀랜드 엄마는 시카고로 돌아가기 직전까지, 포틀랜드에서 맛집으로 소문난 레스토랑에 나를 데리고 다니며 전 세계 각국의 요리를 먹었다. 그리고 계산할 때마다 자기가 내겠다고 우겼다. 나는 그러면 너무 미안하고 부담스러우니 나눠 내자고 했지만, 그녀는 자신이 나의 엄마이고 자신이 데리고 왔으니 대접하겠다고 했다. 결국 나의 엄마라고 주장하는 그녀가 모든 식사비를 지불했다.

그녀가 시카고로 돌아가는 날 밤, 포틀랜드에서 꽤 소문난 바에 갔다. 그녀는 내게 그동안 들려주지 않은 이야기를 했다. 그녀는 자식이 없다고 했다. 레스토랑을 하느라 바빴던 데다 아이 가질 생각을 하지 않았다고. 그런데 먼 곳까지 와서 제대로 챙겨 먹지 않는 날 보니 만약 자신이 진짜 나의 엄마라면 너무

속이 상했을 거라고 했다. 자신은 자식이 없지만 그래도 모든 엄마의 마음은 그럴 거라며, 내가 아들 같아서 맛있고 좋은 걸 먹이고 싶었다고 했다. 앞으로 어딜 다니든 제발 식사는 잘 챙겨 먹으라고 마지막 당부를 했다.

그녀의 말을 듣고, 어릴 때부터 내가 잘 먹지 않아 늘 속상해하시던 엄마가 생각났다. 내가 연약하고 항상 잔병치레가 많았던 건 다 자신이 잘 챙겨 먹이지 못했기 때문이라고 자책하며 마음 아파하셨다. 그건 엄마의 잘못이 아니었다. 그렇다고 내 잘못도 아니다. 그저 어쩔 수 없이 타고난 천성이 그런 것뿐인지도 모른다. 그래도 먹고 싶은데 못 먹는 것보다는 먹기 싫어서 안 먹는 편이 그나마 낫다.

시카고 엄마의 열정과 노력에도 불구하고 나의 먹는 것에 대한 즐거움이나 흥미는 전혀 변하지 않았다. 먹는 것도, 뭘 먹을지 고민하는 일도 여전히 성가시고 귀찮다. 아마 내 삶에 거대한 사건이 일어나지 않는 한 먹는 것에 흥미가 없는 내 성향은 쉽게 변할 것 같지 않다. 하지만 기회가 있다면 나도 음식을 맛있게 먹어보고 요리도 즐겨보고 싶다.
과연 그런 날이 올지 모르겠지만……

#3
내게도 자주 생각나는 음식이 한 가지 있다. 내가 긴 여행에서 돌아오면 엄마가 늘 끓여주시던 콩나물국이다. 그것만 먹으면

긴 여행으로 엉망이 된 속이 다 풀렸다. 엄마의 콩나물국이 내게는 영혼의 음식이었다. 이제 그걸 만들어주던 엄마는 더 이상 내 곁에 안 계신다. 가끔 사는 게 벅차고 지치면 엄마의 얼큰한 콩나물국이 생각난다.

무엇이 되지 않더라도

그때 새 언어가 내 안으로 들어왔다

이곳저곳을 많이 여행하고 그에 대한 이야기를 책으로 몇 권 내다 보니 사람들은 내가 영어를 유창하게 하는 줄 안다. 물론 완전히 영어 멍청이는 아니다. 그렇다고 아주 능숙하게 잘하는 것도 아니다. 별문제 없이 외국 여행을 다니고, 하고 싶은 말은 하고 듣고 싶은 이야기는 오해하지 않고 들을 정도다. 영어라는 언어는 어쩌다 보니 세상을 살아가는 데 매우 중요한 것이 되어버렸다. 대학에 들어가고 졸업을 하려면, 또 대학원에 가거나 취업을 하려 해도 영어가 필요하다. 하긴 국제화 시대이니, 이 시대를 살아가려면 한국어 말고 다른 언어 한 가지 정도는 할 수 있어야 한다고들 말한다.

호주로 워킹 홀리데이를 다녀왔다. 영어를 배우고 싶어서가 아니라 그저 외국에서 한번 살아보고 싶어서였다. 그때까지 내가 아는 영어 문법이라고는 be동사로 의문문을 만들 수 있는 정도였다. to 부정사와 관계대명사가 무엇 때문에 필요한지는 알지도 못했고, 그저 그런 게 있다는 정도만 들어봤다. 영어 단어도 찢어지게 가난한 수준으로 구사한다. 중학교 때부터 대학교에서까지 영어 교육을 받고 어떻게 그럴 수 있느냐고 의문을 품는 사람도 있겠지만, 앞에서 말했듯이 영어를 진지하게 공부하지 않았고, 그전까지는 영어를 쓸 일이 전혀 없었다.

호주 시드니에 도착한 첫날부터 헤라클레스의 고난의 여정처럼 시련과 사고의 연속이었다. 도착하고 며칠 되지 않아 지역 한인 신문을 보고 일자리를 구했다. 나는 화장실 청소와 호텔 주방 일을 하게 됐다. 영어를 거의 할 수 없으니 내가 선택할 수 있는 일은 당연히 몸 쓰는 일밖에 없었다.

일은 간단했다. 그저 하루 종일 쓸고 닦고 말리고, 다시 쓸고 닦으면 되는 일이었다. 하루 종일 일을 해도 영어로 말할 일은 거의 없었고, 영어를 못하는 내게 아무도 말을 걸지 않았다. 그래도 항상 주눅이 들어 있었고, 누가 나한테 내가 못 알아듣는 일을 시킬까 봐 늘 긴장했다. 그렇게 일하면서도 불합리한 일을 당하거나 차별을 당한 적은 없었던 것 같다. 설령 그런 일이 일어났어도 영어를 못했기에 무슨 일이 일어나는지 몰랐을 것이다.

일주일에 6일간 아홉 시간씩 일하는 건 당연히 힘들었지만, 그래도 일한 만큼 임금을 받았기에 그렇게 지독하지는 않았다. 내가 했던 일들은, 열심히 하기만 하면 확실히 성과가 보이는 일이어서 심지어 일을 즐겼다. 오물로 가득 찬 화장실을 청소하고 음식물로 얼룩진 접시들을 닦으면 일한 만큼 깨끗해져서 뿌듯했다. 생각해보면, 살아오면서 눈에 보이는 성과를 내본 적 없는 내게 청소는 그때까지 해본 일 중 가장 가치 있는 일이었다.

하지만 가장 큰 문제는 일이 아니라 점심과 저녁 식사 시간이었다. 식사 시간으로 삼십 분이 주어졌는데, 그땐 밖으로 나가 식사를 해결해야 했다. 믿을 수 없겠지만 나는 한 달 반 넘게 매일 맥도날드에서 '빅맥'을 먹었다. 햄버거를 아주 좋아한 건 아니었지만 영어로 주문을 어떻게 해야 하는지 몰라서 세상에서 주문하기가 가장 쉬운 맥도날드에 가서 먹을 수밖에 없었던 것이다. 세트 메뉴의 번호만 알려주면 되니 손짓만 제대로 하면 굳이 영어로 주문할 필요가 없었다.

문제는 내 몸이 한국에서 만들어졌다는 거였다. 하루 이틀도 아니고 한 달 넘게 빵만 먹다 보니 속이 뒤틀리고 쓰렸다. 어느 날 공원 잔디에 앉아 그놈의 '빅맥'을 먹는데, 갑자기 내가 세상에서 가장 딱한 사람처럼 느껴져 혼자 울었다. 먹고 싶은 걸 못 먹는 이유가 돈이 없어서가 아니라 말을 못 해서라고 생각하니 더욱더 서러웠다. 한참을 울다가 이제는 어떤 방법을 찾아서든 다른 걸 먹겠다고 다짐했다.

다음 날 점심시간에는 노트와 연필을 가지고 언젠가 가보고 싶어 눈여겨봤던 중국 식당으로 갔다. 그곳은 뷔페처럼 되어 있어 원하는 걸 골라서 말하면 도시락에 넣어주는 곳이었다. 우선 나는 스무 가지가 넘는 음식들의 이름도 그 음식의 정체도 몰랐고, 뭔가 고른다 해도 어떻게 계산하는지 상상도 할 수 없어 항상 지나치기만 했었다.

우선 음식이 널려 있는 기둥 옆에 서서 사람들이 주문하는 모습을 관찰하며 어떻게 주문하는지를 익힌 다음, 계산대 옆으로 자리를 옮겨 음식값을 어떻게 지불하는지를 지켜봤다. 이런 내 모습이 수상해 보였는지 사람들이 쳐다봐 부끄러웠지만, 막상 주문할 때 우물쭈물하며 당황하는 게 더 창피할 것 같아 모든 과정을 뚫어지게 지켜봤다. 그리고 사람들이 말하는 것을 듣고 바로 받아 적은 뒤 혼자서 몇 번을 연습했다. (진짜 창피하지만, 들리는 대로 한글로 적었다.)

어느 정도 확신이 섰을 때 나는 줄을 선 다음 다른 사람들처럼 능숙하게 주문을 하려 했지만, 막상 그 앞에 서니 당황해서 연습한 말을 모조리 까먹고 손가락으로 음식 몇 가지를 대충 가리켰다. 마지막으로 계산대에 갔는데, 종업원이 뭔가를 반복해서 물었다. 당연히 알아듣지 못했지만 나도 그냥 "to go!"만 반복해서 말했다. 점원은 그런 나를 이상하게 바라봤지만, 결과적으로 나는 돈을 지불하고 내가 주문한 음식을 가지고 나올 수 있었다.

공원에서 도시락을 먹으려는데 자꾸 웃음이 났다. 빅맥이 아닌 다른 음식을 오랜만에 먹는다는 기쁨에, 그리고 결국 내가 해냈다는 사실에 스스로 대견해했다. 호주에 온 이후로 바닥이 드러난 자존감이 그 순간 부활했다. 드디어 도시락 뚜껑을 열고 먹으려는데 포크와 스푼이 없었다.

나는 그 점원이 깜빡하고 안 넣어준 거라고 생각하고, 센스 없는 그놈을 욕하면서 손가락으로 아주 맛있게 도시락을 먹었다. 꼬이고 뒤틀렸던 내 속이 그 순간 모두 원래대로 돌아오는 기분이 들 정도로, 오랜만에 제대로 된 식사를 했다.

나중에 안 사실이지만 점원이 계산할 때 내게 여러 번 물었던 건 이거였다.

"Do you need fork(포크가 필요한가요)?"

그날 이후 영어가 내 몸 안으로 들어왔다. 가장 무식한 방법이지만, 메모장을 만들어 길을 걸으면서 혹은 버스에서 본 간판이나 표지판의 영어 단어들을 모조리 적고 사람들이 말하는 걸 모두 받아 적어 집에 와서 달달 외웠다.

그렇게 적은 메모장이 한국으로 돌아올 때는 다섯 권이 되었다. 그리고 15년이 지난 지금도 그 메모장 안에 있는 문장들과 단어들을 여전히 기억하고 있다. 그때 만든 메모장의 문장들과 단어들을 토대로 나는 어느 정도 문장을 만들 수 있게 되었다. 논리적으로 정확하게 설명할 수는 없지만 to 부정사와 관계대명사도 알게 되었고, 더불어 현재완료진행형과 과거완료진행형도 나만의 방식으로 이해하게 되었다.

내 영어 실력이 어느 정도인지는 모른다. 가끔은 신들린 듯 잘하고, 또 어떨 때는 대책 없이 버벅거린다. 하지만 적어도 말하고 듣는 것에 두려움은 없다. 그리고 무엇보다 여행하면서 영어를 대하는 나만의 자세가 생겼다. 세상 모든 사람이 영어가 모국어는 아니다. 이 세계에서 영어를 모국어로 사용하는 사람은 30퍼센트도 채 안 된다. 나머지는 자신의 모국어로 말하고 부차적으로 영어를 사용할 뿐이다.

영어가 모국어가 아닌 나라에서 무작정 영어를 쓰면서 말이 안 통한다고 하는 건 정말로 오만한 태도다. 현지인과 이야기할 일이 생기면 조금 어설프더라도 그 나라 언어로 몇 문장 정도는 사용하는 것이 예의다. 그렇게 하면 오히려 더 친밀한 감정을 주고받을 수 있다.

그리고 영어를 잘한다고 해서 사람을 많이 만나고 사귈 수 있는 건 아닐 것이다. 낯선 사람과 관계를 맺는 데는 언어도 중요하겠지만, 무엇보다 상대방에 대한 배려와 감정 교류가 중요하다. 영어를 완벽하게 한다고 해서 이 세계를 다 이해할 수 있는 것도 아니니까 말이다.

떠난다

적당한 때 말해줄래

익숙함으로 채워진 그곳, 내가 편애하는 사람들의 근처, 모리 씨와 오로라, 그리고 몇 년째 같이 사는 강현이가 나를 기다리는 곳, 내 이름 앞으로 부쳐진 우편물이 마지막으로 도착하는 곳, 그리고 언제라도 내가 누울 자리가 있는 곳.

집이다. 주소는 몇 번 바뀌었지만 분명 내 집이다. 하지만 나는 집에 머물러도 늘 어색하기만 하다. 마치 집이 아니라, 잠시 쉬어가는 도시 외곽의 처량한 모텔에 있는 것 같다.

꿈을 자주 꾸는 편은 아니지만 가끔 꿈을 꾸면, 베개 옆에 둔 노트에 내가 기억하는 꿈의 내용을 잠결에 적곤 한다. 일어나서 보면 별 내용은 없고 거의 낯선 장소에 관한 이야기가 쓰여 있다. 어쩌면 나는 무의식적으로 계속 어딘가로 가길 원하는지도 모른다.

그런데 나는 여행을 예전만큼 좋아하지 않게 되었다. 비행기와 버스를 장시간 타는 것이 점점 힘들다. 그리고 막상 떠나봐야 보고 싶은 것도, 하고 싶은 것도 별로 없다. 그동안 충분히 했다. 더욱이 몸을 스스로 돌보는 타입이 아닌지라 긴 여행을 하다 보면 몸이 많이 상한다. 여행에서 돌아오자마자 병원 순례를 하고 한 달은 집에서 요양해야 한다.

그럼에도 불구하고 계속 여행을 떠난다. 그게 나로서는 스스로 이해가 안 된다. 나는 '보았다', '알았다'라는 말보다 '느꼈다'라는 말을 더 좋아한다. 어쩌면 나는 내가 느껴보고 싶은 '감정'이 낯선 장소에 있다고 믿는지도 모른다. 집에 있을 때는 느껴보지 못한 많은 감정을 여행하면서 많이 느끼기 때문이다.

여행은 봄날의 햇살처럼 찰나의 따뜻함과 설렘이 있고, 때로는 사정없이 불어오는 겨울바람처럼 사납고 불안하지만, 여행에서 느끼는 감정들은 일상 속에서 느끼는 감정들과는 다르다. 그래서 여행에서 느꼈던 것을 집에 와서 소처럼 되새김질하며 지낸다. 그것들이 희미해지거나 소화가 다 되면 다시 떠날 궁리를 하는지도 모른다.

앞으로도 나의 이런 성향은 변할 것 같지 않고 애써 바꿀 마음도 없다. 그러므로 나는 더 많은 감정을 느끼기 위해 떠나는 일을 반복할 것이다. 사실 사주에도 역마살까지는 아니지만 비행기를 많이 탈 팔자라고 나온다. 오…… 이런 팔자는 나한테 저주나 마찬가지다.

언제까지 이렇게 살 수 있을지 모르지만, 이왕 이런 운명이라면 낯선 풍경 속에서 더 많은 것들을 느끼며 살고 싶다. 다만 그 시간 동안 내가 건강하기를, 나의 사람들이 이런 나를 이해해주고 계속해서 옆에 머물러주길 바란다. 그리고 어느 날 적당한 때가 오면 옆에 있는 누군가가 내게 말해줬으면 좋겠다.

"그만. 이제 충분해. 그동안 수고했어."

떠난다

지금 이 순간 그 사람은

지금 이 순간,

누군가는 어떤 이유로 죽어가고 그 자리를 채울 누군가가 태어난다.

지금 이 순간,

그 대륙은 밤으로 접어들고 그 밤에 잠 못 이루는 그 사람은 또 다른 누군가를 그리워한다.

지금 이 순간,

그 맞은편에 있는 또 다른 대륙은 아침을 맞이하고 그 아침에 먼저 어두워질 서쪽 하늘을 바라보며 미적미적 하루를 시작한다.

지금 이 순간,

한 사람은 자신의 역사에 기록될 남자를 만났다. 상대방에게 자신의 마음을 전하기 위해 햇살 가득한 카페 창가에 앉아 몰두하고 있다.

지금 이 순간,

한 사람은 이제까지 와본 적 없는 길 위에서 지친 몸으로 북
서쪽으로만 운전하고 있다. 그 사람은 혼자이고, 운전대를 잡
은 채 두고 온 모든 것을 생각한다. 심지어는 먹다 두고 온 냉
동실 안의 녹차 맛 하겐다즈 아이스크림까지……

그 모든 게 그립지만, 그렇다고 외롭다고 생각하지는 않는
다. 다만 무슨 이유로 자신이 이 길로 다시 돌아왔는지 스스
로에게 설명하지 못하고 있다. 후회하는 건 아니다. 그저 시간
낭비라고 생각하지만, 사실 진심은 그에게 뭔가 다시 남을 일
이라고 믿어보려고 한다.

지금 이 순간,

나는 죽을 사람도 다시 태어난 사람도 아니며, 어딘가에서
해와 달을 올려다보는 사람도 아니다. 그리고 사랑에 빠지려
는 사람도 아니고, 이뤄질지 모르는 막연한 꿈을 가진 사람
도 아니다.

지금 이 순간,

나는 내 꿈이 남기고 간 흔적을 쫓아가는 그 남자다.

떠난다

말라가에서 볼래요?

무엇이 되지 않더라도

사람은 태어나면 태양계의 행성들처럼 정해진 궤도를 따라 살아간다. 그 궤도는 일상이라는 말로 대신할 수도 있다. 태양계 행성들은 그 정해진 궤도에 싫증 내는 법 없이 돌고 돌고 계속 돈다. 하지만 우리는 다르다. 가끔은 톱니바퀴처럼 돌아가는 정해진 일상에서 튕겨나가는 일탈을 꿈꾸곤 한다. 그러나 일탈을 직접 실행하는 사람은 그리 많지 않다. 대부분은 주어진 일상을 운명의 수레바퀴처럼 받아들이며 살아가고, 간혹 주변의 누군가가 과감하게 일상에서 벗어나 새로운 세상으로 뛰쳐나가면 그 사람을 자유로운 영혼 혹은 용기와 실천력이 있는 사람이라고 말한다.

그렇지만 이내 그 사람이 앞으로 겪어야 할 불확실한 미래나 당장 먹고사는 문제에 마음 써주며, 답답하긴 하지만 안전한 일상 안에 남아 있는 자신에게 스스로 안도한다. 그러면서도 해갈되지 않는 일탈의 꿈 같은 동경을 마음 한구석에 아슬아슬하게 쌓아 올린다.

하지만 세상은 참 영악한 곳이다. 늘 일탈을 꿈꾸는 우리가 딴 생각을 하지 못하도록, 일상을 벗어날 수 있게 사회가 허락하는 빨간 날들을 중간중간 영리하게 배치해둔 것이다. 그렇기에 완벽하게 일상에서 튕겨나가려는 모험을 시도할 필요는 없다. 대신 아주 잠시 쉼표를 찍을 시간이 있다. 그 금단의 열매보다 더 매혹적이고 달콤한 것을 우리는 '휴가'라고 부른다.

그녀를 3년 만에 이곳에서 만났다. 3년을 알고 지내왔지만 우리는 딱히 친구는 아니었다. 그렇다고 생판 모르는 사이도,

애매한 연애 감정이 오간 사이도 아니었다. 그저 일하다 알게 되었고, 그동안 몇 차례 사무적으로 만나고 통화를 주고받았을 뿐이었다. 그나마 내가 하던 일을 그만두면서 한동안 연락이 끊겼다.

그런데 그녀가 왜 스페인 말라가에서 나와 머물게 됐는지 이야기하려면, 그 첫 시작은 우연으로 시작해서 운명으로 끝낼 수 있을 것이다. 내가 이곳에 머문 지 얼마 안 되었을 때 오랜만에 그녀로부터 메일이 왔다. 그녀는 먼저 내 안부를 묻고는, 그동안 끝없이 반복되는 일상에 지쳤고 자신과 어떤 식으로든 연결된 모든 사람으로부터 상처를 받았다고 했다. 그러면서 용기 있게 일상을 버리고 멋대로 살고 있는 내가 마냥 부럽다고 했다. 하지만 자신에게는 그런 용기가 없어, 선택의 여지 없이 항상 같은 고민을 하고 상처를 받으며 언제까지나 살아갈 수밖에 없을 거라고 한탄했다.

154

그때 난 달리 해줄 말이 없어, 휴가를 받아 이곳으로 오라고 농담처럼 말했다. 물론 진심은 아니었다. 현실적으로 그녀가 이곳에 올 가능성은, 그녀가 내 얼굴을 〈무한도전〉에서 볼 확률만큼 희박했기 때문이었다.

하지만 그로부터 얼마 지나지 않아 그녀는 햇살 가득한 8월의 말라가 다운타운 카페테리아에 나와 마주 앉아 있었다. 그녀는 3년이라는 시간 동안 많이 변해 있었다. 마치 길을 잃고 방황하는 집고양이처럼 가여워 보였다. 얼음이 가득 찬 레모네이드를 마시며 그녀가 말했다.

"당신이 보낸 답장은 저한테 너무 중요했어요. 솔직히 일을 그만두고 싶었는데 용기가 없었어요. 그렇다고 뭘 어떻게 해야 할지도 몰랐죠. 하지만 밑도 끝도 없이 이곳으로 오라는 당신의 메일을 읽었을 때, 누군가 '이제 넌 이쯤에서 그만 쉬어도 돼!'라고 대신 결정을 내려준 것 같아서 마음이 가벼웠어요. 그러지 않았으면 절대로 혼자 결정할 수 없었을 거예요. 그래서 입사해서 처음으로 장기 휴가를 내고 비행기표도 끊었어요. 고마워요. 물론 알아요. 당신이 진심으로 저를 이곳에 초대한 게 아니라는 거. 전 말라가가 어디에 있는지도 몰랐으니까요…… 그런데 제가 진짜로 와서 놀랐죠? 아니 미친 여자 같나요?"

정말로 그녀가 이곳에 온다고 했을 때 나는 솔직히 당황스러웠다. 그녀가 말했듯 진심으로 한 말은 아니었다. 하지만 한편으로는 이곳에서 그녀를 만나니 몹시 반가웠다. 그리고 그녀를 보며 일상에서 도망쳐온 나 자신에 대해 다시 생각할 수 있었다.

비록 찬란한 미래 따위는 없을지도 모르는 불안한 내 삶을, 매일 반복되는 일상 안에 갇혀 허우적대는 그녀의 생활과 비교해보니, 이런 나의 인생도 그리 나쁘지 않다는 사실에 내심 안도했다.

그녀는 말라가에 딱 8일간 머물다 돌아갔다. 머무는 동안 그녀는 신용카드에 한도가 없는 듯 쇼핑을 했고, 서울에서는 도저히 입을 수 없을, 등에서 허리까지 파인 대담한 원피스를 입었고, 배가 터지도록 타파스를 먹었고, 상그리아^{Sangria}를 마시고 몇 번 낮에 취했고, 지중해의 태양에 피부를 건강한 빛깔로 태웠고, 지금껏 타본 적 없는 스쿠터를 탔고, 태어나서 처음으로 박하 맛 담배를 피웠으며, 그리고 일상 밖으로 도망쳐온 나의 불안함을 어느 정도는 이해하게 되었다.

겨우 며칠간의 휴가였지만 그동안 그녀는 어깨에 짊어지고 마음속에 쌓아두고 있던 많은 것들을 아프리카에서부터 이 도시에 불어온 바람에 날려 보낸 것 같았다. 다시 현실로 돌아가면 그녀는 이 시간을 추억하며 이전보다 좀 더 풍성해질 것이다. 그러다 또다시 일상이 지긋지긋해질 때면, 그림자조차 매달려 있지 않아 깃털처럼 가벼웠던 말라가를 기억하며 은밀한 미소를 지으면서 일상의 무게를 버텨낼 것이다.

당신도 그녀처럼 일상에서 열심히 버텼으니, 이제 가방에 수영복과 자외선차단제를 챙겨 떠날 준비를 하길 바란다.

갈팡질팡하는 당신을 대신해 내가 '휴가'라는 일탈을 허락해주겠다! 그러니까,

Bon Voyage.

무엇이 되지 않더라도

Bon Voyage ~x

나의 잿빛 4월

지금 하려는 이야기는 그리 오래된 이야기는 아니다. 여의도에 벚꽃이 만발했다는 소식을 나형 PD에게 전해 들었다. 날씨가 너무 따사롭고 좋다는 이야기는 오랜 친구가 전해줬다. 그리고 곧 여름이 올 것 같다는 이야기를 병실에 누워 계신 엄마에게도 전해 들었다. 그렇게 한국의 4월은 찬란하게 눈부시고 아름다운 듯했다.

하지만 나의 4월은 한국에서 맞이하는 4월의 풍경과는 전혀 달랐다. 한국의 4월이 포근한 노란빛이고 새 계절의 시작을 의미한다면, 나의 4월은 잿빛이었고 세상으로부터의 고립 그 자체였다. 그 광경은 최후의 날 같았다.

2010년 초봄부터 중순까지 남부 아이슬란드 지역에서 화산이 두 번 폭발했다. 처음에는 몇 분간 땅이 요동쳤고 그 후 뜨거운 수증기가 하늘로 솟구쳐 올랐다. 그 강한 에너지는 진원지에서 멀리 떨어진, 레이캬비크에 있는 내 방 작은 창문에서도 또렷이 볼 수 있었다. 그리고 천둥 같은 굉음과 섬광이 공기를 갈랐고, 그다음에는 뉴스에서 이야기한 것처럼 불덩어리들과 회색빛 재가 절망적으로 뿜어져 나왔다. 마치 판도라의 상자를 열었을 때 그동안 갇혀 있었던 모든 것들이 한 번에 쏟아져 나온 것처럼 말이다. 여기에 북극에서 불어오는 찬바람이 그 모든 것을 쓸어 남쪽으로 동쪽으로 날려버렸다. 그건 대기권 밖 인공위성에서도 선명하게 보였다고 한다.

화산재와 수증기로 덮인 하늘은 대낮임에도 불구하고 태양을 가렸고, 모든 것을 회색빛으로 물들였다. 겨울에 내리는 탐스러운 눈송이처럼 화산재가 날렸고, 계란 썩은 것 같은 유황 가스 냄새가 어디에나 진동했다. 그리고 마그마의 열기에 몇만 년 동안 쌓여 있던 빙하가 모두 녹아 눈 깜짝할 사이에 모든 도로와 다리, 농장들이 잠겼다. 도로는 폐쇄되었고, 근처 마을 주민들은 동쪽으로 서쪽으로 모두 대피해야 했다. 미처 대피하지 못한 양들과 말들만이 절망적으로 내리는 화산재를 맞으며 백석의 흰 당나귀처럼 묵묵히 그 자리를 지킬 뿐이었다. 그리고 열흘 동안 불안정한 날씨가 이어졌다. 안개 같은 비가 내렸고 바람이 미친 듯이 불었다. 비가 하늘에서 내리는 게 아니라 정면에서 휘몰아치는 것 같았다. 그러다 갑자기 모든 게 장난이었다는 듯 파란 하늘과 따사로운 햇살을 볼 수 있었다. 그러다 뜬금없이 우박과 눈이 쏟아지기도 했다. 아무도 오 분 후의 날씨에 대해 장담할 수 없었다.

모든 것이 뒤죽박죽이었다. 아이슬란드를 오가는 모든 비행기가 회항하거나 취소되었고, 공항도 곧바로 폐쇄되었다. 다음 날 영국의 공항들이 폐쇄되었고, 몇 시간 후 북유럽의 모든 공항이 폐쇄되었다. 그리고 이틀 후 아시아와 유럽을 오가는 비행기도 모두 취소되었다. 바람을 타고 전 유럽에 퍼진 화산재가 문제였다. 화산재 속 작은 돌멩이들과 얼음덩어리들이 제

떠난다

트 비행기 엔진에 들어가면 냉각 기관의 모든 구멍을 막아 엔
진을 정지시키기 때문에 비행기를 운항하기에는 너무 위험했
다. 결국 화산 폭발이 멈추고 화산재가 공중에서 모두 사라질
때까지 불가피하게 이런 결정을 내릴 수밖에 없다고 국제항공
협회가 발표했다.

아이슬란드를 방문한 이천여 명의 관광객들은 발이 묶였고,
전 세계 항공기가 기약 없이 운행이 정지되었다. 두 번째 화산
폭발 이후 8일 동안 유럽 하늘에는 비행기가 한 대도 없었고,
그로 인해 유럽은 9·11 이후 최대의 항공 혼란을 빚었으며, 그
기간 동안 총 5만 편이 넘는 비행기가 결항되었다고 한다. 이
는 결국 수천만 유로의 손실을 가져왔다.

유럽에서 발이 묶인 모든 사람들이 여전히 재를 뿜어대는 화
산을 대책 없이 바라만 봐야 했다. 그것 말고는 달리 할 수 있
는 일이 없었다.

내가 머물고 있던 레이캬비크에서는 모두들 변함없이 일상생
활을 했다. 그저 거리에 오가는 사람들이 눈에 띄게 줄었다.
아이슬란드로 나가려는 사람들은 공항에서 비행기가 뜨기를
무작정 기다렸다.

나는 매일 아침 일어나자마자 숙소 관리 사무소로 가서 화산
폭발과 관련해 새로 들어온 소식을 체크했지만 언제나 같은
대답이었다. 비행기가 언제 뜰지, 화산 폭발이 언제 멈출지
아무도 모를 일이었다. 아이슬란드 사람들도 대부분 이번처
럼 큰 화산 폭발은 처음이라고 했다. 그들의 선조 때에는 이런
일이 흔히 일어났다고 하지만, 그 이후로 거의 100년 동안 아

이슬란드의 화산은 고요하기만 했기 때문에 경험이 없는 지금 세대는 화산 폭발 앞에서 별다른 대처 방안이 없었다. 그저 빠른 시간 내에 화산 폭발이 멈추고, 화산재가 바람에 실려 어딘가로 사라지길 기도하는 수밖에 없었다.

나는 2010년 잿빛의 4월, 이 모든 사건의 중심에 있었다. 처음 며칠간은 여느 날과 다름없었다. 하지만 상황이 더 악화되면서 사람들은 하나둘 이전과는 뭔가 다르다는 걸 인식하고 걱정하기 시작했다. 아이슬란드는 채소와 공산품이 거의 항공편으로 들어오기에 오랫동안 비행기가 뜨지 못하면 생활에 직접적으로 타격을 받기 때문이었다. 신선한 우유, 식료품, 채소, 우편물, 각종 잡다한 것들을 화산 폭발 기간에는 받아볼 수 없었다. 그리고 관광객을 대상으로 하는 시설들도 모두 잠정 휴업을 해야 했다. 도시 외곽으로 나가는 도로도 모두 폐쇄되었다. 레이캬비크 시내는 버려진 도시처럼 텅 비었고 을씨년스러웠다. 화산재 때문에 아무도 거리에 나오지 않았고, 도시는 두꺼운 구름과 회색 잿빛에 갇혀버렸다. 사람들의 표정도 근심으로 어두워지기 시작했다. 이건 그들이 이제까지 느껴보지 못했던, 세상으로부터의 고립이었다.

풀 한 포기 자라지 않는 미국 중부 사막에서, 바다거북 말고는 아무도 없었던 호주의 서해안에서, 눈이 허리까지 내리는 핀란드 숲속에서, 꼬박 9일을 달렸던 시베리아 횡단 열차 안에서 말이 통하지 않는 사람들 사이에 섞여 느꼈던 고립감과, 2010년 화산재로 뒤덮였던 4월의 아이슬란드에서 느낀 고립감은 전혀 다른 종류의 것이었다.

떠난다

그건 내가 원한 것도 아니고 어떻게 할 수도 없는 운명 같은 것이었다. 그렇기에 나는 더 초조하고 두려웠다. 이제까지는 나 스스로 고립을 원했던 거라면, 그때는 내가 전혀 손쓸 수 없는 운명 같은, 지구의 원초적 힘에 의해 기약 없이 고립되어 영원히 거기 갇혀버릴 것만 같았기 때문이다.

아는 사람 없는 이 도시에 혼자 머물며 하루 종일 절망적인 뉴스를 듣고, 유황 냄새 나는 바람과 화산재 섞인 검은 비를 맞으며 지낸 2010년 4월은, 어쩌면 이번에는 여느 때처럼 당연하게 집으로 무사히 돌아가지 못할지도 모른다는 불안함으로 가득 차 있었다. 그렇게 두 달 가까이 보냈다. 그 후 화산 폭발은 갑자기 닥쳤던 것처럼 갑자기 사그라들었고, 더불어 모든 것들이 빠르게 제자리를 찾아갔다.

그로부터 7년이 지난 지금도 대자연의 재앙 안에서는 아무것도 할 수 없는 우리가 얼마나 작고 나약한 존재인지를 이따금 떠올리곤 한다.

방콕에서 완벽한 겨울 보내기

정확히 알고 있다. 내가 왜 여기에 머물고 있는지 말이다. 글 때문이다. 나는 내가 특별한 글을 쓰길 원하고, 그 글을 통해 지금보다 괜찮은 사람이 되길 원한다. 그러려면 겸손함을 잊지 않고 모든 걸 쏟아부어야 한다. 돈을 지불하고 책을 샀을 때 후회하지 않을 글을 써야 한다는 부담감과 책임감도 있어야 한다. 그러기 위해서는 익숙한 곳을 피해 스스로를 가둘 낯선 장소가 필요하다. 그래서 될 수 있는 한 집과 멀리 떨어진 곳으로 떠난다. 그곳은 미국 서부가 되기도 하고, 오데사나 레이캬비크, 베를린이나 우붓 혹은 로바니에미, 그리고 방콕이 되기도 한다. 이 도시들은 나와 전혀 연관성이 없다. 아는 사람도 없고 와본 적도 없다. 다만 그 도시들은 내 침대와 오토바이, 친구들, 그리고 익숙함과 아주 멀리 떨어져 있다는 점에서 연관성을 찾을 수 있다.

방콕, 두 달째 이곳에 머물고 있다. 이곳에서 나의 하루는 단순하다. 일어나서 글을 쓰고, 쓰다 지치면 숙소로 돌아가 낮잠을 자고, 다시 일어나서 글을 쓰고, 어느 정도 만족할 만한 결과물이 하나라도 나오면 노천 식당에 가서 늦거나 너무 이른 식사를 한다. 입맛은 진짜 없지만 오로지 여기서 버티기 위해 배를 채운다. 그리고 나의 기쁨인 요구르트 한 병을 사서 숙소로 돌아온다. 잘 준비를 하고 침대에 기대 천장을 보며 파인애플 맛 요구르트를 행복하게 들이켜고 잠든다. 이런 날들이 하루하루 달력을 채우고, 노트북 하드디스크 안에 차곡차곡 쌓인다. 나는 글 안에서 울고 웃고 짜증 내며 거만해진다. 하루에도 몇 번씩…… 무엇이 날 그렇게 만드는지 잘 알고 있지만 조절할 수는 없다. 아니 할 마음도 없다. 그저 어떤 방식으로든 글이 쓰이길 바란다. 그거면 족하다.

세상의 모든 겨울은 추워야 한다. 물론 얼어붙을 것 같은 바람도 불어오고 가끔 눈도 내려줘야 한다. 그리고 사람들의 얼굴은 찬바람에 두 볼이 붉게 물들어야 겨울이 겨울다운 법이다. 하지만 이곳은 그렇지 않다. 달궈진 태양이 뜨겁게 내리쬐고 미지근한 바람이 거리를 따라 사방에서 불어온다.

시선이 닿는 곳마다 초록이 우거져 있다. 거기서는 새들이 지저귀고 그늘진 자리에서는 길고양이가 한가롭게 잠들어 있다. 반칙이다! '이건 겨울이 아니야'라고 우겨봐도 이곳에서는 지금을 겨울이라고 부른다. 왜냐하면 이때보다 훨씬 더 더운 날이 곧 찾아올 테니까.

이곳에 온 이후로 난 계절을 잃었다. 더불어 시간도 잃어버렸다. 오늘이 며칠이고 무슨 요일인지 기억하지 못한다. 어제가 오늘 같고 내일이 어제 같다. 이곳에서는 시간이란 중요한 게 아니다. 때때로 서울에서 들려오는 소식이 없다면 시간을 아예 잊을 수 있을지도 모른다. 하지만 매일 알람처럼 카카오톡 메시지 알림음이 어김없이 울리고, 여기서는 유효하지 않은 한국의 뉴스들이 흘러 흘러 내게까지 전해진다.

방콕은 지금 겨울이다. 한국의 겨울과는 전혀 다른 모습이다. 20도 밑으로 내려가는 일도 절대 없고, 두꺼운 코트와 스웨터도 없으며, 눈 같은 건 결코 내리지 않는다. 아마 이곳에는 영원히 내리지 않을 것이다. 매일 눈처럼 꽃이 쌓인 길을 걷고, 미지근한 바람을 맞는다. 하지만 이곳의 겨울도 쓸쓸하다. 만약 내가 계절이라면 나는 겨울일 것이다. 나는 365일 쓸쓸하고 마음 편히 긴장을 푸는 법이 없다. 항상 가슴을 꽁꽁 싸맨다. 행여나 깨지지 않게, 그리고 얼어붙지 않게.

다시 글 쓰는 이야기로 돌아가보자. 집이 아닌 낯선 도시에서 글을 쓴다고 해서 화려하다거나 호사스럽지는 않다. 그저 내 글이 방콕의 꽃으로 가득한 겨울을 닮기를 바랄 뿐이다. 내가 이곳에서 느낀 풍경과 바람이 그대로 단어와 문장이 되어 남겨지길 바란다. 그래서 나는 방콕의 겨울에 머물고 있다.

낯선 곳에서 일상을 보낸다는 건

이제까지 한 번도 와본 적 없고 아는 사람도 하나 없는 도시에 머물며 낯선 언어를 수줍게 쓰면서 일상을 만들어가는 건 그리 어려운 일은 아닐지도 모른다. 많은 걸 마음에 담겠다는, 그리고 더 많은 걸 보겠다는 마음만 버린다면, 낯선 도시 주변만을 이방인처럼 맴돌고 있는 당신도 그 도시를 이루는 한 조각이 될 수 있다.

대부분의 사람에게는 낯선 곳에서 이렇게 한가하게 머물며 일상을 만들 충분한 시간적 여유가 없다는 게 가장 큰 문제이긴 하다. 하지만 낯선 장소에서 일상을 만들기 위해 반드시 시간이 많이 필요한 건 아닐지도 모른다.

한 달을 머물든 하루를 머물든 여행자로 머무는 것이 아니라, 낯선 거리를 정처 없이 걷고 아무런 목적 없이 공원에 앉아 있기도 하고 카페에 가서 차를 마시며 스도쿠 게임을 하는 것도 어쩌면 여행 안에서 특별한 일상을 만드는 것인지도 모른다.

여행을 하면서 꼭 많은 걸 보고 찍고 뭔가 할 필요는 없다. 유명하다는 건물이나 박물관, 그리고 미술관에 갈 필요도 없을지 모른다. 물론 우리는 귀중한 시간을 할애하고 많은 돈을 들여 여행을 떠난다. 그리고 무엇보다 정해진 시간 안에 신데렐라처럼 반드시 돌아가야만 한다.

그렇다고 무리해서 완전무장을 하고 러시아 전선으로 돌격하는 독일 특공대처럼 자신의 한계를 시험하며 여행할 필요는 없다. 여행은 극기 훈련이 아니니까. 무엇을 보았는지가, 어디까지 갔는지가 중요한 게 아니라 얼마나 많은 것을 마음에 담았는지가 중요하다.

스무 살 때 처음으로 해외여행을 갔을 때가 이따금 생각난다. 그때 나는 의욕이 넘쳤고, 가능한 한 많은 것을 보고 많은 것을 경험하고 싶어 안달이 나 있었다. 모든 미술관과 박물관을 찾아다녔고, 여행 책자에 나온 모든 관광지를 체크해가며 하루에 열 시간씩 걸어 다녔다. 또 버스표나 기차표, 그리고 각종 티켓들을 마치 내 여행을 증명할 유일한 증표라도 되는 듯 구겨지지 않도록, 여행 올 때 챙겨온 김우중 전 대우그룹 회장의 자서전 『세상은 넓고 할 일은 많다』라는 책 사이사이에 고이 모아두었다.

언제나 그랬듯 나의 여행은 가난했다. 아니 돈은 있었지만 정확히 말하자면 여행을 하면서 돈을 어떻게 써야 하는지를 몰랐다. 물을 사는 것이 아까워 물병을 하나 구해 숙소에서 물을 넣어 가지고 다니며 마셨고, 식사비를 아끼려고 내 팔뚝만 한 바게트를 하나 사서 분수대나 박물관 계단에 앉아 비둘기처럼 쪼아 먹었다. 그렇다고 해서 비참했던 건 아니었다.

그때 난 여행은 그렇게 해야 하는 거라고 생각했기 때문에 오히려 그렇게 행동할 수 있었고, 그런 걸 견뎌내는 나 자신이 더없이 자랑스러워 다른 여행자들을 만나면 내가 어떤 식으로 알차게 여행을 하고 있는지 자랑하고 싶었다. 물론 테라스 그늘에 앉아 투명한 유리잔에 얼음이 든 음료를 시켜놓고 거리를 멍하니 바라보는 사람들이 부럽기도 했던 건 사실이다. 하지만 그때 나는 그런 건 사치라고 생각했다. 여행을 왔으면 하나라도 더 봐야 하는데 그들은 그저 시간과 돈을 낭비하고 있다고 생각했다.

그렇게 몇 주 동안 유럽을 돌아다니 내 여행의 마지막 장소인 프랑스 파리에 도착했다. 에펠탑을 구경했고 몽마르트르 언덕, 베르사유 궁전도 구경했다. 그리고 마지막으로 루브르 박물관에 갔다. 두 시간 넘게 줄을 서서 들어간 박물관은 전 세계 관광객들로 꽉 차 있어 마치 터져버릴 것처럼 아슬아슬하게 부풀어 오른 풍선 같았다. 나는 사람들을 뚫고 여기저기 구경하다, 그곳의 하이라이트라는 〈모나리자〉가 있는 전시실로 갔다. 거기서 나는 프랑스에 여행 온 관광객들이 단체로 시위라도 하고 있는 줄 알았다. 몇백 명, 아니 천 명도 넘는 사람들이 한쪽 벽에 걸린 그림을 보겠다고 아우성치고 있었다. 여기저기서 플래시가 터졌고 모두가 자기 나라 언어로 말하고 있었다. 마치 단테가 묘사한 지옥 같은 풍경이었다.

나는 결국 인도 단체 관광객 사이에 끼어 누군가의 머리통 사이로 〈모나리자〉의 묘한 미소를 봤다. 그게 진짜 〈모나리자〉인지 확인하려고 했을 때는 이미 사람들에게 휩쓸려 바깥쪽으로 튕겨 나와 있었다. 왠지 모를 씁쓸함을 느꼈다. 그리고 한편으로는 세상에서 가장 유명한 그림이니 사람들이 그만큼 모여 있는 건 당연하다고 스스로를 위로했다.

무엇이 되지 않더라도

그리고 여행을 마치고 다시 집으로 돌아가기 전날, 그동안 쓰지 않고 아껴둔 돈으로 라파예트 백화점에 가서 리바이스의 빨간 셔츠를 샀고, 마지막으로 일제 CD 플레이어를 샀다. (왜 프랑스에서 일본 CD 플레이어를 샀는지 지금도 이해가 가지 않는다.) 물론 다녀와서 한동안 프랑스에서 산 리바이스 빨간 셔츠와 일제 CD 플레이어를 가지고 다니며 유럽 여행을 추억했다. 그리고 몇 달 동안은 친구들에게 "내가 런던에 갔을 때 말이지……"라거나 "프랑스에서는 안 그러는데 우리나라에서는 왜 그러냐? 역시 한국은 아직 후진국이야……"라는 철없는 소리를 하고 다녔다.

이것이 내 인생의 첫 해외여행이었다. 그 이후로 더 많은 곳을 여행하면서 여행 방식도 조금씩 달라졌다. 새로운 세상을 바라보는 나만의 시선이 생겨서 그런지도 모르고, 그때 교과서보다 더 가치 있다고 생각했던 『세상은 넓고 할 일은 많다』라는 책이 거짓말이었다는 걸 알아차릴 정도로 머리가 굵어져서 그런지도 모른다. 여행을 통해 내가 본 세상은 그리 크지 않았고, 그 세상에서 우리가 할 수 있는 일도 그리 많지 않다는 것, 그리고 뉴욕이든 파리든 도쿄든 런던이든 사람 사는 곳은 어디나 다 비슷하다는 사실을 깨달았기 때문인지도 모른다. 그리고 큰 변화는, 언제부턴가 여행을 가면 반드시 들르던 박물관이나 미술관, 그리고 관광지에 가는 것을 관뒀다는 점이다. 관광객처럼 보이기 싫어서 그렇기도 하지만, 언젠가부터 그런 곳이 전혀 흥미롭지 않고 특별한 감상이 느껴지지도 않는다는 걸 알았기 때문이다. 그리고 여행 중에 내 사진을 남기

는 것도 관뒀다. 그렇게 '인증샷'을 찍지 않아도 나는 분명 그
곳에 갔었고, 시간이 지나도 내 마음속에는 그곳이 그대로 담
겨 있다는 걸 알았기 때문이다.

그 대신 나는 미로처럼 얽히고설킨 골목을 정처 없이 돌아다
니고, 공원 벤치에 앉아 개와 함께 산책 나온 할아버지와 개에
대해 이야기 나누며 개와 할아버지 사진을 몇 장 찍기도 한다.
그리고 외진 카페에 가서 커피 한 잔을 시켜놓고 그 도시 지도
를 멍하니 들여다보거나, 도무지 해독 불가능한 그 지역 신문
을 들춰보며 시간 보내는 것을 좋아하게 되었다.

이렇게 시간을 보내는 내게 다른 여행자들은 "멋지다"거나 "그
럴 거면 돈 들여 왜 여행을 왔어"라고 말하지만 사실 이런 내
행동에 대해 나도 뭐라 설명할 길이 없다. 어쩌면 이것이 진정
한 돈과 시간의 낭비이자 교만함인지도 모르겠다. 하지만 이
런 여행은 내게 꽤 안정을 주고 평소에 하지 못했던 생각과 상
상을 하게 한다.

그리고 무엇보다 이제는 "핀란드에서는 안 그러는데 한국에서
는 왜 그러지……"라는 쪼다 같은 말은 하지 않게 되었다. 간
혹 메일로 "거긴 어때?"라고 물어오는 친구에게 "어제는 오래
된 창문이 있는 카페를 찾아냈어. 옛 정육점을 카페로 개조한
곳인데 느낌이 남달라. 그래서 거기서 커피를 마시고 글도 쓰
고 '키스 자렛 트리오Keith Jarrett Trio'의 여백이 있는 연주를 들었
어. 나는 여기서 여섯 명이 나눠 쓰는 숙소에 머물고 있는데,
코펜하겐에서 온 유쾌한 친구를 사귀었어. 그 친구도 나처럼
아주 천천히 여행하고 있더라. 그래서 내일 점심을 함께 먹기

로 했어. 아, 그리고 진짜 특이한 벽을 발견했어. 오래된 건물 사이에 있는, 돌로 만들어진 벽인데 누가 그 돌 위에 사람의 얼굴 형상을 분필로 그려놨더라. 사진 찍었으니까 다음에 보여줄게"라고 답장을 보낸다.

다시 생각해보자. 박물관, 미술관, 궁전 같은 건 이번에는 접어두고 현지인들이 가는 노천 시장, 개들을 위한 공원, 구석진 골목에 있는 카페를 한가하게 서성이는 당신의 모습을. 그리고 카페 문을 열고 들어가 항상 앉는 창가 구석 자리에 앉아 차를 들고 오는 종업원이 "오늘도 샷 추가한 아메리카노?", "그런데 오늘 하루는 어땠어?", "당근 머핀이 오늘은 잘 구워졌는데 맛볼래?"라고 친근하게 묻는 풍경을.

여행이란 어때야 한다고 정해진 건 애초부터 없다. 하고 싶은 대로 박물관과 미술관을 다니고, TV나 영화의 배경이 된 장소를 직접 가보고, 친구들에게 줄 선물을 고민하며 고르고, 허벅지가 당길 때까지 하루 종일 자전거를 타고 다니며 여러 종류의 와인을 맛보고, 맛있다는 빵집을 찾아다니고, 콘서트를 보러 다니고, 하루 종일 바다에서 수영을 하고, 한국에서는 비싸서 엄두도 나지 않던 북유럽 그릇을 닥치는 대로 사고, 놀이동산에서 하루를 보내고……

모든 여행은 정말 아무래도 좋다. 여행을 하는 자신이 즐기면 그만이다. 그 의미나 목적 따위는 출국하기 전에 코인로커에 보관해두자. 그리고 특별할 것 없는 사소한 일을 여행 중에 끼워 넣어보는 것도 한번 시도해볼 만하다. 그래서 여행자가 아니라 그 도시에 사는 사람이 잠시 되어보는 거다.

그리고 낯선 시선이 아닌 익숙한 시선으로 그 도시를 바라보
자. 어쩌면 다른 관광객이 찍은 사진 속에 당신이 그 도시의
한 조각으로 찍혀 있을지도 모를 일이다. 생각만 해도 정말 근
사한 일이 아닐까?

무엇이 되지 않더라도

정오에 남쪽으로 떠나는 기차 시간에 늦지 않으려고 일찍 일어나 창밖을 내다보니 하늘이 잔뜩 흐려 금방이라도 비가 쏟아질 것만 같았다.

비에 젖지 않게 신경 써서 짐을 챙겨 짊어지고, 다시는 올 일이 없을 그 도시 외곽에 나 있는 길을 걸었다. 불어오는 바람에서는 비 냄새가 났고, 바람 속에 섞인 작은 모래 알갱이들이 입안에서 까끌거렸다.

그때 나는 담장이 낡은 어느 초등학교 앞을 지나고 있었는데, 학교 정문 앞에서 삶의 무게로 어깨가 무거워 보이는 아저씨가 아이들에게 병아리나 고슴도치, 개구리, 햄스터 같은 작은 애완동물을 팔고 있는 노점이 보였다.

처음에는 그 아저씨의 인상이 너무 강렬해서 그의 얼굴을 자세히 보고 싶어 아이들 틈에 파고들었다가 대책 없이 금붕어 두 마리를 샀다. 그때 내가 금붕어를 산 건, 오랜 시간 혼자 여행하고 여기저기 옮겨 다니다 보니 좀 적적한 나머지 마음 붙일 대상이 필요해서였던 것 같다.

그날 이후 두 마리 금붕어를 작은 생수통에 넣어 가지고 다녔다. 꼬리에 검은 줄이 있는 녀석은 '김치', 또 다른 녀석은 '감자'라고 이름도 지어줬다. 아침마다 저녁에 받아두었던 물로 바꿔주고, 먹이도 거르지 않고 챙겨주고, 말을 걸거나 한참 동안 쳐다보고, 자고 일어나면 녀석들의 상태를 확인하곤 하면서 여행의 쓸쓸함을 잊었다.

여행이 끝나갈 무렵, 비 내리는 아침에 일어나 김치와 감자를 보니 녀석들은 배를 까고 죽어 있었다. 한동안 멍하니 녀석들

떠난다

을 바라보며 이런저런 생각을 했다. 그들이 죽었다는 사실이 슬프긴 했지만, 그보다 너무도 이기적으로 다시 혼자 남겨진 나를 걱정했다. 나라는 놈은 원래 이기적이긴 했지만 이 정도인 줄은 그때 다시 알게 되었다.

아침도 먹지 않고 녀석들을 당시 머물던 호스텔 뒤뜰에 묻어주며 작별 인사를 했다.

"고맙다. 짧은 시간이었지만 덕분에 외롭지 않았어. 함께 더 멀리 가지 못해서 아쉽네. 다음에 태어난다면 그땐 너희도 여행자로 태어나라. 그래서 세상 어딘가에서 만나 서로 외롭지 않게 의지하며 멀리 같이 여행하자. 잘 가."

나는 또다시 혼자가 되어 인생의 굴레 같은 무겁고 암울한 배낭을 짊어지고 적적한 길을 떠났다. 대륙이 끝나는 남쪽으로 남쪽으로 향했다. 그들이 없는 빈 생수통을 여전히 배낭 옆에 차고서.

그 이후 긴 여행을 떠날 때면 작은 동물 인형과 함께 다녔다. 그러면 마음 붙일 친구가 있어 여행 중의 적적함을 조금이나마 채워주었다.

무엇이 되지 않더라도

한 박자 느린 사람의 빛나는 순간

2009년, 겨울을 따라 시작한 여행이 계절이 바뀌어 이어지면서 나는 오랫동안 별을 보지 못했다. 러시아 시베리아 벌판에서 스톡홀름으로 가는 배 갑판에서, 그리고 핀란드 북쪽에서 나는 별들에 휩싸여 있었고, 별이 바람에 파르르 떠는 소리를 들었다.

하지만 아이슬란드에 도착하니 겨울은 거의 끝나가고 있었고, 이내 겨울도 봄도 아닌 어중간한 계절이 시작되었다. 아이슬란드 하늘에서는 밤낮으로 비나 진눈깨비가 내렸고, 두꺼운 구름이 잔뜩 끼어 하늘을 볼 수 없었다. 그리고 봄의 첫날 이후에는 해가 거의 지지 않았기 때문에 더 이상 하늘에서 별을 볼 수가 없었다.

여행이 끝나고 집으로 돌아가는 비행기를 타기 위해 런던에 도착한 밤, 여행 중에 만나 한동안 같이 다니며 친해진 앤디의 초대를 받아 그의 집에 갔다. 그 집 뒷마당에서 이슬에 젖은 나무 의자에 앉아 담배를 피우다 무심히 하늘을 올려다보니, 거기에 서서히 꺼져가는 불씨처럼 초라하게 별이 빛나고 있었다. 시베리아나 핀란드에 비하면 보잘것없는 별이었지만, 런던의 그리 선명하지 않은 밤하늘 위로 근근이 빛나는 별들이 왠지 아득해 보였다.

런던의 희미한 별을 보며 내가 길에서 만난 모든 사람과 지나쳐온 모든 풍경이 되감겨 내 여정을 하나하나 다시 되짚어볼 수 있었다. 익숙하지 않아 이질적으로 보였던 풍경들과, 행운처럼 찾아온 인연들, 그리고 내가 원하는 대로 이뤄지지는 않았지만 결과적으로는 좋았던 일들…….

여행이 주는 이런 운명과도 같은 우연과 불확실성이 마음에 들었다. 그 여정은 마치, 내 손으로 방향타를 잡고는 있지만 마음대로 움직이지 못하고 바람 부는 대로 여기저기 표류하는 돛단배를 탄 것만 같았다. 앤디의 집, 이슬에 젖은 나무 의자에 앉아 내 여행이 끝난 것을 스스로 자축했다.

여행 중에는 순간순간 일어나는 일들에 집중하느라 그 당시에는 느낄 수 없었던 홀가분한 여유와, 어쩌면 다시는 이곳에 올 수 없을지 모른다는 아쉬움 때문에 그 시간이 더욱 소중하게 느껴졌다. 물론 집으로 돌아가면 다시 일상으로 되돌아가 반복되는 매일을 살아가겠지만, 아마도 이 시간은 두고두고 내게 남을 것이다. 그래서 그 시간이 머릿속에 남는 게 아니라 내 몸 안에 부속품처럼 끼워져 여행의 시간이 지나고 오랜 후에도 어렴풋이 느낄 수 있길 바랐다. 그와 동시에 이제 더 이상 이렇게 긴 여행을 떠나지 않겠다고 다짐했다. 이제는 내가 꿈꾸는 것들을 밖에서 찾지 않고 내 안에서 찾겠다고 생각했다. 아무리 기차를 타고 8일 밤낮을 달려 한국 사람이 없는 먼 곳으로 가도, 두 다리가 후들거릴 만한 풍경을 보아도 나 자신은 조금도 변하지 않을 것이고, 오히려 더 멀리 가야 한다고 스스로를 채찍질할 것임을 서른세 살, 겨울을 따라 떠난 이 여

떠난다

행에서 알게 되었다. 별은 어디서나 뜨고 바람은 어디서든 분다. 행운 같은 인연은 늘 따뜻하며 밀려오는 파도는 내 마음 안에서도 요동친다.

얼마나 갔나? 어디로 갔었나? 아니 얼마만큼 가야 한다는 건 결국 자기만족일 뿐이라는 걸 알았다. 하지만 이것 또한 안다. 아무리 여행을 그만 다니겠다고 말해도, 바람이 불어 새로운 계절을 알리면 슬그머니 통장 잔고를 체크하고 책상 서랍 구석 영수증 더미 아래 숨어 있는 여권을 찾아 어딘가로 떠날 궁리를 하리라는 것을 말이다. 그건 내가 여행 자체가 주는 설렘과 여행이 끝난 다음에 밀려오는 여운의 강렬함을 알기 때문이다.

그날 밤 런던의 별을 보며 심장이 시릴 정도로 상쾌했다. 아마 그건 만족감 혹은 홀가분함이었을 것이다. 모든 것이 끝난 뒤 마침표를 찍는 기분. 마치 홈에 딱 맞는 나사를 끼워 돌릴 때 느끼는 만족스러운 기분 같았다. 나는 언제나 여행을 하고 있을 때보다, 여행이 끝났을 때 마침내 알게 되는 여행의 느낌을 좋아한다.

여행이 매 순간 우리에게 최고의 순간을 경험하게 해주는 건 불가능하다. 여행도 우리 생활의 한 부분이기 때문이다. 그래서 그 시간 안에도 기쁘고 외롭고 그립고 기대하는 순간들이 함께 뒤섞여 있다. 하지만 시간이 지나면 결국 알게 될 것이다. 우리가 낯선 길 위에서 보낸 시간이야말로 저마다의 인생에서

무엇이 되지 않더라도

최고의 순간 중 하나였다는 걸. 금세 알게 되면 좋겠지만 우리는 언제나 한 박자 늦기 때문에 정작 그 순간에는 알아차리지 못한다. 그렇기에 우리가 보낸 최고의 순간은 아직 끝나지 않았다. 살아가면서 그런 영광과 감동의 시간들이 폭죽처럼 터질 것이다. 매 순간 그렇지는 않겠지만 어느 날 불현듯 말이다. 머리가 아닌 우리 몸 안에서…….

이건 나의 이야기다. 더불어 당신의 이야기다. 난 이제 이쯤에서 집으로 돌아갈 생각이다. 그리고 내가 길에서 보낸 시간 속에서 놓쳤을지 모르는 순간과 감정을, 이제는 당신이 찾아내 내게 전해주기를 바란다.

행운을 빈다.
그리고 응원한다. 당신의 여행을…….

안녕.
건강하길.

떠난다

막 시작된 또 다른 10년을 위하여

왜 이 지독히 외로운 길 위로 다시 돌아왔나?

왜 떠나고 돌아오는 일을 아직까지 반복할까?

왜 나는 그때와 달라지지 않았을까?

왜 또 미국이어야만 했을까?

그리고 왜 나는 글을 여전히 쓰고 있을까?

10년이 지났다. 이 길 위에서 가슴속 가득 불안을 담고 230일 동안 헤매고 돌아온 이후로 말이다. 그 이후로 일일이 다 나열할 수 없을 만큼 이런저런 일들이 많았다. 행복한 날도 있었고, 끔찍한 시간도 있었고, 영광의 순간도 있었다. 때로는 잘난 척했고 때로는 쭈구리처럼 지냈다.

그 10년을 다시 이 길 위에서 되돌아본다면, 충분히 좋았던 시절이었다. 그래도 알 수 없는 마음의 구김과 뭔가 덜 마른 느낌은 아무리 털고 불어오는 바람에 말려도 사라지지 않았다. 나는 영영 채워지지 않을, '먹스타그램'을 올리는 사람들과 같은 허기를 느꼈다. 그리고 나는 여전히 뭔가를 찾고 있고, 아직도 뭔가가 되길 바라고 있다.

10년 전, 그러니까 스물아홉 살에서 서른 살로 넘어가려 할 때 인생에서 가장 긴 여행을 미국으로, 가난하게 떠났다. 거기서 책을 썼고, 그 책이 예상치 못하게 베스트셀러가 되었다. 솔직히 그전까지 나는 정말 아무것도 아니었다. 그때까지 해놓은 것도 없고 앞으로 뭘 해야 할지도 모르는, 답 없는 존재였다. 하지만 그 여행 이후 나는 작가가 되었고, 지금까지도 글을 쓰거나 그와 관련된 일을 하며 지낸다. 운 좋게 시작된 나의 30대는 살아가는 데 별문제 없이 보냈다.

미친 듯이 부유하지는 않아도 20대 때와 비교하면 그럭저럭 넉넉하게 지낼 수 있었다. 그래도 여전히 걱정거리는 많았다. 결코 이룰 수 없다고 생각했던 일들이 나도 모르는 사이에 일어났고, 그로 인해 이제껏 상상도 하지 못했던 안정된 시절을 보내고 있지만 이상하게 나는 그것이 불편하고 불안했다. 어느 날 원래 주인이 불쑥 들이닥쳐 내게서 그것을 빼앗아갈 것만 같았기 때문이다.

분명 성공적이었다고 평가받는 일들, 글을 부지런히 계속 쓰거나 사람들 앞에서 뭔가에 대해 이야기하고, 그래서 그들로부터 관심을 받은 건 온전히 내가 이뤄낸 것이었다. 스스로 대견하게 생각해야겠지만, 나는 믿었다. 그걸 인정하는 순간 나태해지고 교만해져 내 것을 망쳐버리고 더 이상 앞으로 나아갈 수 없을 거라고. 그래서 나는 매사에 엄격할 수밖에 없었다. 이것도 강박이고 욕심이다. 그걸 즐기지 못하니 말이다.

10년 뒤에는 내가 변해 있을 줄 알았다. 좀 더 대범해지고, 전보다 멋있어지고, 어른이 되어 현명해졌을 거라 생각했다. 하지만 그 시간이 지나고 보니 변한 건 별로 없었다. 여전히 나는 소심하고 전혀 어른답지 못하다. 오히려 불안에 휩싸인 채

길 위만 무모하게 달리던 그때가 더 용기 있었는지도 모른다. 책을 내고 사람들에게 인정받았다고 해서 행복해지는 것도 아니라는 걸 알았다. 물론 어느 정도 만족할 수는 있지만 그걸로 평생을 살아갈 수는 없다. 뭔가 부족하다면 어떤 식으로든 움직여야 한다. 앞으로든 옆으로든, 하다못해 뒤돌아 가더라도. 영원히 멈춰 있으면서 지금 이대로 유지할 수는 없다.

나는 다시 이 낯선 길 위로 돌아왔다. 그때는 찾지 못했지만 어쩌면 이번에는 찾을지도 모를 뭔가를 찾기 위해 말이다. '또다시 길 위에서 헤매지 않을까?' '이 길과 풍경을 어떻게 받아들여야 할까?' 과연 길의 끝이 있기는 한 건지, 있다면 거기에는 뭐가 있을지를 지난 시간들처럼 의심하겠지만, 그동안 다시 쌓인 내 모든 고민과 감정을 길동무 삼아 이번에는 좀 더 여유로운 마음으로 떠나려 한다. 이제 충분히 시간이 흘렀기에, 그때와 달리 나도 이 세상도 조금은 달라졌을 테니까.

무엇이 되지 않더라도

당신이 길 위에서 보게 될 것

첫째 날,
떠나왔다는 설렘과 낯선 풍경 속에서 모든 것이 새롭게 보일 것이다.

둘째 날,
반복되는 풍경에 지루함을 느끼다 당신이 두고 온 것들이 그리워질 것이다.

셋째 날,
계속해서 막연히 펼쳐진 길과 끝도 없이 반복되는 풍경 안에서 서서히 불안함을 느낄 것이다.

넷째 날,
문득 생각해낸다. 그동안 해온 모든 잘못들과 후회스러운 선택들에 대해. 그리고 간절하게 반성하기 시작할 것이다.

다섯째 날,
더 가야 할 길의 거리만큼 남은 미래에 대해 희망을 가져보기도 하지만, 이내 그 막연함과 아득함에 두려워질 것이다.

떠난다

여섯째 날.

지금까지 품어온 당신의 걱정거리들이 차창 밖으로 스쳐 지나가는 풍경들에 비해 얼마나 하찮고 보잘것없는지를 깨닫고, 당신이 살고 있는 이 세계, 그리고 저 위의 신이라는 막연한 존재에 대해 생각하게 될 것이다.

그리고 일곱째 날.

당신은 이 길이 되고 이 길은 당신이 되어 이제 아무런 생각이 없다.

그저 달려야 한다. 언제까지나⋯⋯.

이 길이 끝나면 당신이 좀 달라질 거라 기대할지 모른다.

하지만 당신은 길을 시작할 때와 그리 달라지지 않았을 것이다.

사람은 그리 쉽게 변하는 존재가 아니니까.

길은 언제나 현명하고

우리는 전혀 개선의 여지가 없기 때문이다.

무엇이 되지 않더라도

지금이 당신이 집으로 돌아갈 때

낯설었던 이 길이 익숙해졌다면
지금이 당신이 집으로 돌아갈 때다.

가방에 접어 넣은 지도 끝이 너덜너덜해졌다면
지금이 당신이 집으로 돌아갈 때다.

평소에 잘 기억나지 않던 간밤의 꿈이
생생하게 기억나고 반복되면
지금이 당신이 집으로 돌아갈 때다.

포근한 날이지만 한기를 느끼며
누군가의 온기가 그리워지면
지금이 당신이 집으로 돌아갈 때다.

화창한 아침에, 그리고 둥근 달이 떠 있는 밤에
생각이 꼬리에 꼬리를 물고 이어지면
지금이 당신이 집으로 돌아갈 때다.

무엇이 되지 않더라도

멋진 걸 보면서 어떤 사람이 생각난다면
지금이 당신이 집으로 돌아갈 때다.

아무리 하늘이 맑고 바람이 좋아도
두고 온 것들이 자꾸 떠오르면
지금이 당신이 집으로 돌아갈 때다.

이제 집으로 가자.
익숙한 천장 아래로.
당신의 살결 같은 이불 속으로.
그리고 당신이 사랑했던 모든 것들이 가득한 집으로……

197

떠난다

돌아온다

그때 가서 같이 살자

지금이 가면 또 다른 날들이 오겠지?

그래서 미래라는 걸 믿어보고 싶다.

그때까지 서로가 남인 듯 살아가자.

가끔 이렇게 만나

별일 없을 서로의 안부를 으레 물어보고

햇살 잘 드는 카페 창가에 앉아 커피를 마시고

옆에 가만히 누워 기분 좋게 낮잠을 자고

비 오는 날 꽉 막힌 도로에서 게리 멀리건Gerry Mulligan의 음

악을 나눠 들으며

창밖으로 빗물에 젖은 우리의 도시 서울을 바라보자.

그러다 외로워질 때

서로에게 안기며 지낼 수 있다면

얼마나 좋을까?

그런 여유가 불안해질 때쯤

너는 너의 일상으로

나는 나의 일상으로 돌아가

함께한 시간을 가슴에 밀어두고

서로의 온기가 다시 그리워질 때까지 각자 살아가자.

무엇이 되지 않더라도

언젠가 우리가 나이 들어
서로의 고집이나 기대가 전부 사라져 희미해지고
우리가 현명해져 지금 같은 실수를 저지르지 않게 되어
사는 게 별거 없다는 걸 알게 되면
그때 가서 같이 살자.

그렇게 되면 우리는 단 한 개의 실수도 없이
오랫동안 서로를 의지하며 살아갈 수 있지 않을까?
지금은 아니어도
그 언젠가,
이렇게 제멋대로인 우리에게
그런 날이 올지 모르겠지만.
만약 그런 날이 온다면
우리,
그때 가서 같이 살자.

돌아온다

어디서 오셨어요?

처음 만나는 사람들에게 항상 묻는 게 있다. 성별, 나이, 만남의 목적에 상관없이 하는 질문이다. 언제부터 그 질문을 하기 시작했는지 모르지만, 생각해보면 오래전부터 시작된 물음이었다. 얼마 전 누군가 지적하지 않았다면, 내가 그런 질문을 하는지도 몰랐을 것이다.

그 질문은……

"어디서 오셨어요?"

특별한 질문은 아니다. 어쩌면 내가 딱히 알 필요가 없는 것일지도 모른다. 그런데 이상하게 사람을 만나면 나는 그들이 어디서 왔는지가 궁금하다.

JTBC 프로그램 〈말하는 대로〉 사전 인터뷰 중이었다. 인터뷰는 방송에 출연하기 전에 내가 어떤 캐릭터의 사람인지, 어떤 이야기를 할지에 대해 제작진과 논의하기 위해 진행됐다. 여러 가지 이야기가 오가다 내가 뜬금없이 물었다.

"그런데 다들 어디서 오셨어요?"

그 질문에 다들 웃었다. 이제까지 이런 자리에서 그렇게 묻는 사람은 없었다면서 오히려 그들은 내게 그게 왜 궁금하느냐고 되물었다. 혹시 제작진 가운데 마음에 드는 사람이 있느냐는 농담까지 했다. 나야말로 그런 반응은 처음이라 당황했다. 내가 왜 그 질문을 했는지 나도 몰랐다.

"저는 늘 처음 만나면 묻는데⋯⋯." 내가 말했다.
"왜요?" 작가 중 한 명이 되물었다.
"글쎄요. 생각해본 적 없는데."
"그럼 생각해보세요. 이유가 있지 않을까요?"
나는 잠시 생각해보고 말했다.
"저는 얼마나 걸려서 여기까지 왔는지가 궁금해요. 만약 멀리서 왔으면, 그 거리만큼 시간이 걸리면서까지 애써 저를 만나러 와준 게 고마워서요."

몇 년 전까지 명일동에 있는 본가에서 살았다. 그곳은 어딜 가든 한 시간 이상은 걸리는, 마치 〈반지의 제왕〉에 나오는 험하고 먼 세상의 끝 같은 곳이었다. 지하철이나 버스를 몇 번씩 갈아타야 했고, 운전을 해서 어딘가 가려 해도 차가 막히는 구간은 다 지나야 했다. 나는 집에서 어딘가를 가는 것이, 그리고 돌아오는 것이 가장 힘들었다. 지금은 홍대 근처에 살아서 다행히 그런 고생은 덜 하게 되었다. 요즘은 약속이나 미팅이 대부분 홍대 근처에서 있기 때문이다. 그래서 혹시 만나기로 한 사람이 먼 곳에서 오면 그게 무엇보다 마음이 쓰인다. 그들이

돌아온다

길에서 보내는 시간이 얼마나 고될지 알기 때문이다.

나는 여전히 만나는 사람들에게 "어디서 오셨어요?"라고 묻는다. 그리고 보러 와줘서 고맙다고 한다. 누군가 시간을 할애해서 나를 만나러 와준다는 건 내가 누군가에게 필요한 존재라는 것이기에.

충분한 것 같지 않아

오늘 아침 내리다 멈춘 가을비가
아직 충분한 것 같지 않아.
조금만 더 내려 가로수의 낙엽들이 거리를 물들였으면 좋
겠어.

널 감동시킬 음악을 어느 정도 알지만
아직 충분한 것 같지 않아.
부지런히 찾아서 더 많이 들려주고 싶어.

이 정도 마일리지면 유럽은 다녀올 수 있지만
아직 충분한 것 같지 않아.
조금 더 모으면 남극까지 갈 수 있을지도 모르잖아.

하루에도 몇 번씩 해주는, 보고 싶다는 네 말이
아직 충분한 것 같지 않아.
보고 싶다고만 하지 말고 정말로 날 보러 와줄래.

거의 모든 셔츠가 검은색이지만
아직 충분한 것 같지 않아.

무엇이 되지 않더라도

작가라면 무조건 검은색이니까 바지도 검은색으로 입어야
겠어.

매일 고민하며 쓰는 글이
아직 충분한 것 같지 않아.
고민만 한다고 좋은 글이 쓰이는 건 아니니까 지치지 않고
오랫동안 쓰고 싶어.

그 정도면 훌륭하지, 라고 네가 말했지만
아직 충분한 것 같지 않아.
나는 아직 멈출 마음이 없으니까.

어쩌면.
우리는 늘 부족하고 채워지지 않아야 하는지도 모른다.
그 결핍이 있어야 우리 안으로 새로운 것이 들어올 틈이 생
기지 않을까?
그러니 조금은 덜 채우고 살아가자.

돌아온다

귀한 건 그런 식으로 사라지면 안 된다

장마 때 당신이 두고 간 자동우산은 아직도 카페 모모뮤 우산통에 그대로 꽂혀 있고

동네 슈퍼에서 당신이 맛있게 담배 피우던 모습을 나는 가끔 따라 해보고

케루악이 늘 잠들던 베개는 아직도 내 머리맡에 있고

할머니가 쥐여준 지폐 두 장과 동전 몇 개는 내 방 서랍 안에 고이 들어 있고

그가 카페에 올 때마다 마시던 크림 커피는 여전히 달고 씁쓸하고

아무 약속 없는 지루한 금요일 밤이면 남산도서관으로 드라이브 가던 차에도 형의 기억은 내 옆자리에 있고

엄마가 좋아하던 길동 생선조림집 낡은 테이블에도 엄마의 기억은 나와 마주 보고 있으며

항상 음악을 같이 듣던 친구에게 빌려준 '더 킬러스The Killers'의 데뷔 앨범은 이제 돌려받을 수 없고

운전을 하다 우연히 라디오에서 흘러나오는 당신의 노래를 들을 때면 한순간 가슴이 저리고

책장에는 당신이 완성하지 못한 책 위에 먼지가 쌓여 있다.

무엇이 되지 않더라도

시간이 아무리 지나도 그 어떤 거리를 걸어도 두리번거릴 필요 없이 여기저기 당신들의 흔적과 추억은, 내 왼팔에 새겨진 문신처럼 사라지지 않고 내 마음속 여기저기에 얼룩으로 남아 있다.

갑자기 그들이 왜 사라져버렸는지 나는 지금도 그 이유를 모른다. 다만 당신들의 부재를 떠올리기 싫어 매번 마음 뒤편으로 밀어두지만, 그래도 밀려오는 당신들과의 추억에 어쩔 줄 몰라한다.
그걸 담담하게 받아들이려면 그 추억들 위에 더 많은 새로운 추억을 덧대야 할지도 모른다.
하지만 그러고 싶지는 않다. 내 마음이 괴로워도 당신들과의 추억을 피하지 않고 이대로 두고 싶다. 이 추억마저 사라지면 우리의 연이 모두 끊겨 내가 당신들을 영영 잊어버릴 것 같아서다.

난 나름대로 당신들 없는 세계에서 잘 지내보려 분투 중이다. 아직은 견딜 만하다. 좋은 날도 있고 힘든 날도 있지만 좋은 사람들이 곁에서 날 다독여주고 있으니, 나는 당신들이 항상 대견해하고 좋아해주던 모습으로 살아갈게. 그러니 어디에 있든 편히 쉬어.
어제도, 오늘도, 그리고 내일도 보고 싶어.

몇 년 사이 좋아하는 사람들이 저마다의 이유로 죽었다.

돌아온다

왜 그렇게 되었는지 나는 알 수 없다. 그저 안타까울 뿐이다. 나도 그 언저리까지 간 적이 있었다. 그땐 모든 게 고통스럽고 내일이 있다는 사실이 괴로워 버텨내기 힘들었다. 병원에서 눈 떴을 때 아버지와 누나가 보였다. 그들은 나를 바라보고 있었다. 이제까지 본 가장 슬픈 눈으로 말이다.

그 눈빛을 지금도 잊을 수 없다. 그 눈빛이 다시 나를 살아가게 했다. 살다 보면 당연히 운이 나쁜 날과 힘든 시간이 찾아온다. 그 시간을 이겨내라는 말은 하고 싶지 않다. 말처럼 쉬운 일이 아니라는 걸 아니까. 하지만 어떤 식으로든 살아가고, 버티고, 누군가에게 기대어보길 바란다.

우선 살고 보자.
그 고비를 넘겨보자.
사는 건 원래 별로이고 괴로운 거니까.
하지만 기억하자.
당신은 귀한 존재라는 걸.
이 세계에서, 그리고 당신 곁에 있는 사람들에게 말이다.
귀한 건 그런 식으로 사라지면 안 되는 거다.

당신은 진정 귀하고 귀하다.

무엇이 되지 않더라도

나는 울었다

평소와 다르지 않은 날이었다. 가을 하늘은 쨍하게 맑았고 불어오는 바람도 상쾌했다. 게으른 내가 오늘은 많은 일을 했다. 라디오 선곡표 정리와 다음 주 녹음 준비도 하고, 이번 주까지 쓰기로 한 외부 원고도 정리했다. 심지어 방송국 음반 자료실에 등록된, 새로 발매된 앨범 리스트도 체크했다. 지인들과 잡담을 나누며 커피를 두 잔 마셨고 담배를 반 갑 피웠다. 해가 지자 조금 싸늘해졌다. 일을 끝낸 뒤 머플러를 단단히 두르고 오토바이를 타고 서강대교를 건너 연남동 집까지 왔다. 옆집 아주머니가 맡아둔 책 소포를 건네주셨다. 몇 주 전 해외 사이트에서 주문한 책이었다. 따지고 보면 다른 날보다 유익했고 몸의 컨디션도 나쁘지 않았다.

별반 다르지 않은 하루였다.

밥을 지으며 '저스티스Justice'의 두 번째 앨범을 들었다. 빨래도 돌렸다. 담배를 피우며 흰 셔츠의 목 부분에 낀 때를 손끝으로 비벼 빨았다. 밥이 다 된 뒤에 반찬을 꺼내려 작은 냉장고를 열었을 때 결국 나는 울어버렸다.

이미 2년이라는 시간이 흘렀다. 이제는 다 잊은 줄 알았다. 그리고 그 사실을 받아들일 정도로 내가 단단해진 줄 알았다. 하지만 아니었다. 열린 냉장고 문 앞에 주저앉아 울고 또 울었다. 왜 갑자기 냉장고 문을 열었을 때 눈물이 터졌는지는 설명할 길이 없다. 불현듯 낯선 도시의 기차역에 도착했을 때처럼 막막하고 겁이 났다. 날 온전히 이해해줄 사람이 사라졌다는 사실이 너무 서글펐고, 이제 어디에도 의지할 곳이 없다는 사실에 나는 펑펑 울었다.

엄마가 돌아가신 지 거의 2년이 되었다. 그때도 오늘같이 전형적인 가을날이었다. 세상은 온통 붉은색과 노란색으로 물들어 있었고 하늘은 마냥 파란색이었다. 이런 좋은 가을날 엄마가 떠나신 게 그나마 그분에게 위안이 되었을 거라고 생각했다. 너무도 많은 날들, 너무도 헛된 시간들이 지나고 다시 그 계절이 돌아왔다. 시간이 많이 흐르지 않았지만 바쁜 일상에 덮여 엄마의 부재를 잊어버릴 때도 있었고, 엄마가 이제 내 곁에 없다는 사실에 슬프게도 점점 익숙해졌다. 그럴 때마다 일부러 엄마에 대해 더 생각하지 않으려 애써 외면했었다. 하지만 엄마의 빈자리는 내 세상 곳곳에 남아 있었다. 식탁의 빈 의자를 보거나, 함께 다니다 이젠 혼자 장을 보는 시장에서 그 빈자리를 느낄 때면 그리움으로 가슴이 저려오곤 한다. 그래도 잘 견뎌왔다. 마치 태어날 때부터 고아였던 것처럼.

그런데 오늘은 울고 말았다. 언제나 나를 이해해주고 내 편이 돼주던 엄마가 더 이상 안 계신다는 사실에 살아가는 게 자신 없고 외롭다고 느꼈다. 그렇게 한참 동안 냉장고 앞에서 쭈그리고 앉아 울다. 그래도 밥은 먹어야지 하면서 반찬을 꺼내 밥을 억지로 꾸역꾸역 넘겼다.

돌아온다

몇 시간만 지나면 오늘이 가고 내일이 올 것이다. 그러면 나는 또 아무렇지 않게 살아갈 것이다.

세상 모든 자식들은 저마다의 방식으로 부모님과의 이별을 받아들이며 살아간다.

얼마나 좋을까?

매일 하는 칫솔질처럼 구석구석 닦아 내 마음을 빛낼 수 있다면, 얼마나 좋을까?

내가 아닌 것처럼 미쳐 날뛰며 다른 누군가에게 온전히 빠질 수 있다면, 얼마나 좋을까?

사랑의 끝이 결혼이나 이별이 아니라 다른 일곱 가지 결말이 더 있다면, 얼마나 좋을까?

둘만 아는 비밀을 간직한 채 은밀한 미소를 서로에게 지을 수 있다면, 얼마나 좋을까?

같이 나이 먹어가며 서로 변해가는 모습을 다정한 눈으로 지켜볼 수 있다면, 얼마나 좋을까?

지금 우리를 가로막고 있는 어색함과 마음의 닫힌 문을 주먹으로 두들겨 부숴버릴 수 있다면, 얼마나 좋을까?

여름밤에 불어오는 기분 좋은 바람과 달콤한 술에 취해 몸

을 가누지 못하는 널, 뒤에서 가만히 안을 수 있다면, 얼마나
좋을까?

그리고 서로의 달랐던 취향을 맞춰가다 결국 그것이 둘의
취향이 된다면, 얼마나 좋을까?

하지만 그런 마음을 네게 설명하려면
아마 열흘 밤과 반나절은 더 걸리겠지.
말하지 않아도 네 머릿속에 번개가 치는 것처럼
네 살결을 스쳐가는 바람처럼
단번에 네가 모든 걸 알아차릴 수 있다면 얼마나 좋을까?
정말 그럴 수 있다면 얼마나 좋을까?

219

돌아온다

사는 건 귀찮은 것

매 끼니를 평생 챙겨 먹어야 하고
화장실도 잊을 만하면 가야 하고
지하철과 버스를 늘 숙명처럼 기다려야 하고
사람들과 어쩔 수 없이 관계를 맺어야 하고
어렵지만 사랑도 해야 하고
더 어렵지만 사랑도 받아야 하고
좀 더 나은 모습으로 꾸며야 하고
사야 할 것들이 끝도 없이 생기고
하루만 입어도 세탁을 해야 하고
가능한 한 진실되려고 노력해야 하고
별다르지 않은 일을 매일 하고
어딘가 가기 전에 주차할 걱정부터 들고
남들처럼 살려면 끊임없이 돈을 벌어야 하고
도움을 받으면 되돌려주는 게 이치고
대접받으려면 치열하게 공부해야 하고
오해받지 않기 위해 가끔 웃어 보여야 하고
쓸데없는 것에 감정을 소모해야 하고
고양이와 개의 밥을 챙겨주고 산책도 시켜야 하고
지금 하고 있는 일이 잘 되어가는지 자주 확인해야 하고

무엇이 되지 않더라도

아침이면 어김없이 일하러 나가야 하고

최소한 하루에 한 번은 씻어야 하고

자꾸 남들과 비교하면서 내가 잘 살고 있는지 살펴보고

쓸데없이 오해하고 어쩔 수 없이 인정하고

내 마음 같지 않은 사람들에 대해 불평하고

뒤처지지 않으려면 새로운 소식이나 지식을 알아야 하고

살다 보면 챙겨야 할 사람들이 생기고

스스로를 세상에 드러내 인정받고 싶고

좋은 사람으로 남으려 애써 노력하고

평생 다 소화하지 못할 책과 영화, 그리고 음악을 즐겨야
하고

별것 아닌 일에 분노하고

매달 꼬박꼬박 세금과 공과금을 내야 하고

뭐든지 줄 서서 기다려야 하고

확인할 필요 없는 시간을 자꾸 확인한다.

사는 건 귀찮은 일들 투성이다.

그래도 달리 방법이 없으니 꾸역꾸역 살아가야 한다.

이게 우리의 업보다.

사는 건 귀찮은 것이다.

돌아온다

나를 놓지 않기를

갑자기 나이가 들어버렸다.

20대, 30대에는 별로 생각이 없는데, 또 한 번 앞자리가 바뀌고 나서는 진짜 당황했다. 시간은 공평해서 누구에게나 똑같다지만, 내 시간은 다른 사람의 시간보다 더 서둘러 흐른 것만 같다. 형들이 한 해, 아니 하루하루가 몸이 다르다고 했던 말을 이제야 완벽하게 실감하게 되었다.

나는 언제까지나 늙지 않을 거라는 안일한 마음을 가지고 있었다. 나이보다 어려 보이는 편이기도 하고, 하는 일이 남들보다 자유로워 나이를 느낄 일이 별로 없었다. 내 일은 경력이 쌓인다고 과장이나 부장으로 진급하는 것도 아니고, 무엇보다 양복 같은 정장을 입을 일이 거의 없어서 그런지도 모른다. 하지만 이번에 책 작업을 위한 여행을 하면서 나이가 들었다는 걸 절실히 느꼈다.

지금 나는 미국 서부에서 두 달 넘게 머물고 있다. 몇 주 동안은 10년 전에 돈이 부족해 지나치기만 한 중부 지역을 다녔고, 나머지 시간에는 샌프란시스코와 포틀랜드에서 작업을 하고 있다. 이전에도 이렇게 긴 여행을 다녔고 낯선 곳에서 오랫동안 혼자 머물면서 글을 썼었다. 매번 힘들었고 고비였지만, 이번만큼 정신적 육체적으로 한계를 느낀 적은 없었다.

이번에 몇 주 동안 미국 서부에서 중부까지 운전을 하면서 온몸이 만신창이가 되었다. 식도염과 위염으로 고생하고, 알레르기 때문에 연신 기침을 하고 콧물을 질질 흘리고 다녔다. 입병은 거의 두 달이 넘어도 낫지 않아 입을 벌려 음식을 먹기도 힘들었고, 아침마다 치질의 고통에 눈이 뜨였다. 거기다 공황 발작이 반복적으로 일어났다. 이러다 보니 여기 머물면서 수명이 며칠, 아니 몇 달은 줄어드는 기분이었다.

여행은 원래 힘든 법이니까 그렇다 치지만, 포틀랜드에 머물며 작업을 하는 내내 확실히 나이가 들었다는 걸 느낀다. 그동안 책을 쓸 때는 카페에서 여섯 시간 이상씩은 작업했는데 이번에는 한 시간도 앉아 있기가 괴롭다. 허리가 끊어질 것 같고 양어깨와 목이 그대로 굳어버리는 것만 같아 온몸을 수시로 배배 꼰다.

친구에게 이런 이야기를 하니, "예전의 그 나이가 아니잖아"라는, 간단하지만 핵심을 찌르는 대답이 돌아왔다.

역시 나이 때문일까? 이렇게 쓰고 보니 진짜 내가 갑자기 늙어버린 것 같아 서글프다.

이곳으로 떠나오기 전에 '꼰대' 같다는 말을 처음으로 들었다. 내가 최근 들어 부쩍 옛날 경험을 많이 이야기하고 자꾸만 뭔가 가르치려 든다며 친한 동생 호진이가 농담처럼 한 말이었다. 내가 제일 듣기 싫어하는 말. 그리고 절대 되고 싶지 않은 게 '꼰대'였는데, 그런 말을 동생에게 들으니 충격 그 자체였다. 물론 사람이 나이가 들어 가치관이 변하고 관점이 변

돌아온다

하는 건 지극히 자연스러운 일이다. 하지만 나이가 들었다고 다른 사람의 생각이나 의견을 설득하려 들거나 무시해서는 안 된다. 그렇게 되면 진짜 구려져서 결국 대접받지 못하는 꼰대가 될 것이다.

분명 나는 차곡차곡 나이가 들어갈 것이다. 아무리 옷을 젊게 입고 머리를 염색해도 변하지 않을 사실이다.

이제 나도 나이를 그대로 받아들여야 할 때가 온 것 같다. 언제까지나 소년일 수는 없다. 감성도 달라졌고, 그걸 담고 있는 내 몸도 달라졌다. 내가 해야 할 일은, 정신적으로 그리고 육체적으로 변해가는 나를 제대로 지켜보고 인정하는 것이다.

하지만 이제껏 지녀온 내 생각과 감정을 오랫동안 잃어버리고 싶지 않다. 그걸 놓아버리는 순간 진짜 늙어버리는 것이다.

나는 제대로 된 어른이 되고 싶다.
지나온 시간만큼 넓고 깊어져
모든 강과 시내를 받아들이는 바다처럼 되고 싶다.
그리고 나이가 들어 어쩔 수 없이 꼰대가 되더라도
괴물은 되고 싶지 않다.

무엇이 되지 않더라도

그런 개가 있었다

무엇이 되지 않더라도

이름 없는 개가 이곳에 살고 있다. 지금은 아물어 흉이 된 자국들이 몸 여기저기에 있고 털은 부드럽지 못하지만, 두 눈만큼은 한없이 선하고 모든 걸 알고 있는 것처럼 보였다.

그 개는 마을 어디에서나 볼 수 있었다. 모녀가 운영하는 세탁소에서, 수염을 멋지게 기른 폴이 서빙하는 카페테리아에서, 늘 사람들로 분주한 새벽 시장 입구에서, 마을이 시작되는 네거리 신호등에서, 그리고 가끔은 마을에서 멀리 떨어진 길가에서. 어디서든 그 개를 볼 수 있었다.

그 개의 눈은 특별했다.

비록 이름이 없어 사람들이 부르는 이름은 매번 달랐지만, 그 어떤 이름으로 불려도 개는 선한 눈으로 가만히 바라봤다.

모든 사람들이 그 개를 알았고, 그 개도 모든 사람을 알고 있었다. 마을 사람들은 그 개를 아꼈다. 주인은 없지만 모두가 개를 동네의 일원으로 받아들여 서로 챙겼다. 개가 무슨 사연으로 마을에 왔고 나이가 몇 살인지는 마을 사람들에게 중요하지 않다. 꽤 오래전 어느 날 그 마을에 나타났고, 모두가 기억할 만한 눈을 가졌다는 것만으로 충분했다.

마을 사람 누구는 그 개가 사랑스럽게 그들을 바라보고 있다고 말했고, 또 다른 사람은 슬픔에 가득 차 있다고 했다. 어쨌든 그 개가 바라봐주는 것만으로 사람들은 편안함을 느끼고 위안을 받았다.

나도 그 개의 선한 눈을 여전히 기억하고 있다. 눈 한번 깜빡이지 않고 조용히 나를 바라보던 그 시선. 나는 그때 지칠 대로 지치고 모든 것에 진저리가 나 있었다. 하지만 그 선한 눈

돌아온다

빛 안에서 편안함을 느꼈다. 그 개의 눈은 내가 기억하는 엄마의 포근했던 눈빛과 닮았다.

'나도 그런 눈을 가졌다면 얼마나 좋을까?'라고 생각했다. 보이는 걸 순수하게 그저 바라봐주는 눈.

만약 그런 눈을 가졌다면, 내가 이해가 안 돼서 늘 밀어내기만 했던 사람들의 모습을 있는 그대로 볼 수 있었을지도 모른다. 하지만 그런 눈은 저절로 가지고 태어나는 건 아닐 것이다. 길고 깊은 시간과 수없이 많은 일들을 겪고 나서야 모든 걸 받아들일 수 있는 마음을 갖게 될 것이고, 그 마음이 눈으로 그대로 드러나는 것이리라.

당장은 아니겠지만 내가 보낸 시간들이 마음에 쌓여 결국 나도 그런 눈을 가지게 되길 바란다. 그래서 사람들이 그 개에게서 느꼈던 포근함과 위안을 내게서도 느낄 수 있었으면 좋겠다.

무엇이 되지 않더라도

그 사람에게 지금 이 햇살을

그가 진행하는 라디오 프로그램에 게스트로 출연한 적이 몇 번 있다. 개인적으로 만난 적은 없지만 우리는 가끔 메시지를 주고받는다. 그 짧은 대화들로 서로에 대해 알아가고 있다. 난 아침에 일찍 일어나고 그는 내가 일어나는 시간에 잠자리로 간다. 그러다 보니 우리는 그 시간에만 메시지를 주고받는다.

그는 아침에 일찍 일어나는 나를 부러워한다. 하지만 밤늦게까지 작업을 하는 그의 생활에서 아침에 일찍 일어나기는 불가능에 가깝다.

내가 매일 아침 가는 카페에 큰 창이 있어 아침 햇살이 잘 든다고 말했더니, 그는 언젠가 내가 가는 카페에서 커피를 마셔보고 싶다고 했다. 하지만 그는 햇빛이 부담스러워 아마 그럴 수 없을 거라고 했다. 나는 그 시간에 비치는 건 햇빛이 아니라 햇살이라 괜찮을 거라고 했다. 그는 햇살은 햇빛과 뭐가 다르냐고 물었다. 햇살은 햇빛처럼 내리쬐는 게 아니라 가만히 살을 감싸 안는 거라고 말했다. 그는 듣기만 해도 포근할 것 같다고 했다. 그러면서 조만간 찾아오겠다고 했다. 그 뒤로 우리는 몇 차례 이런 기약 없는 약속만 했다.

언젠가 적당한 아침이 오면 그에게 매일 아침 내가 맞이하는 포근한 햇살을 선사해주고 싶다. 그때가 언제일지 모르고 그런 날이 진짜 올지 모르겠지만, 생각난 김에 오늘 그에게 메시지를 보내봐야겠다.

"종현 씨, 잘 지내죠?
오늘은 아침 햇살이 유난히 좋네요.
우리 조만간 커피 마셔요."

무엇이 되지 않더라도

그녀의 집에서

무엇이 되지 않더라도

당신도 이 창에 서서 내가 바라봤던 풍경을 봤겠지.

당신도 햇빛 들지 않는 방 안에 가오리처럼 누워, 낮에는 2호 선 열차 오가는 소리와 골목 어귀에 있는 휴대폰 매장에서 틀어둔 노랫소리를 듣고, 늦은 밤에는 노들길을 질주하는 택시 소리에 잠을 설쳤겠지.

글 쓰는 일을 하고 싶었지만 구체적으로 어떻게 시작해야 할 지 몰라 막막하기만 했던 그때 나는 그녀의 집에 머물렀다.

우리는 8년 전에 처음 만났다. 그녀는 피아노를 치기 위해 광주 고향 집에서 서울로 독립했고, 난 그녀의 집 근처에서 일하기 시작할 때였다. 서울에 갓 올라와 친구가 없었던 그녀를 지인을 통해 알게 되었다. 우리는 몇 차례 메일을 주고받았지만 직접 본 적은 없었다.

봄에서 여름으로 계절이 바뀔 무렵, 우리는 처음으로 점심을 함께 먹었다. 대부분 내가 이야기했고 그녀는 듣기만 했다. 그때 그녀는 타지 생활에 주눅 들어 있었고 꽤 외로워 보였다. 그리고 두 번째 만난 건 그로부터 몇 년이 지나 서로의 많은 것들이 바뀌고 난 후였다. 그녀는 처음 봤을 때보다 더 주눅 들어 있었고 여전히 외로워 보였다. 그때 그녀는 별일 아닌 것처럼 결국 피아노 치는 걸 포기했다고 내게 말했다. 그녀에게 피아노가 얼마나 중요한지 알고 있었지만 더 이상 묻지 않고 대신 시답지 않은 이야기들로 그녀를 웃게 만들었다. 사실은 나도 그때 갑자기 일자리를 잃고 보니 앞날이 불안해져서 스스로를 괴롭히며 실망하고 있었다.

돌아온다

그리고 몇 달 후 그녀는 갑자기 집만 덩그러니 내버려둔 채 일본으로 떠났다. 더 늦기 전에 새롭게 뭔가를 시작하고 싶다는 이유에서였다. 언제 돌아올지 자신도 모른다고 했다. 오랫동안 돌아오지 않을지도 모르고 아니면 반년 만에 그냥 돌아올지도 모른다고 했다. 그녀는 결심이 설 때까지 아직 계약이 남은 집에서 대신 지내줄 수 있느냐고 내게 물었다.

그렇게 해서 나는 그녀의 집에 머물게 되었다.

집에는 그녀의 모든 것이 그대로 남아 있었다. 싱글 침대도, 그녀의 샴푸와 비누와 먼지 쌓인 피아노, 그리고 그녀의 외로움까지도 그대로였다. 취향을 이해할 수 없는 두꺼운 보라색 암막 커튼과 무늬가 기이한 벽지를 보며, 너무 늦었지만 그녀는 어떤 사람일까? 하고 생각했었다. 솔직히 난 그녀에 대해 잘 모른다. 그녀의 나이조차 가물가물할 정도다. 시간이 그렇게 많았지만 우리는 서로에 대해 알 기회가 없었다. 내가 그때 할 수 있는 일이라고는 그녀만 쏙 빠져나간 집에서 그녀에 대해 짐작만 하는 게 전부였다.

그녀가 그렇게 외로워 보였던 이유를 그녀의 집에서 지내면서 조금이나마 알게 되었다. 때때로 나도 그 집에 머물면서 마치 그곳만이 세상에서 고립된 섬처럼 느껴져 외롭고 울적해질 때가 있었다. 분명 그녀도 이곳에 머물면서 내가 느낀 헛헛한 기분을 느꼈을 것이다. 가족과 떨어져 혼자 살아가야 하는 막막함과 적적함, 그리고 그렇게 원했지만 결국 이룰 수 없었던 꿈을 포기해야 할 때 몰려왔을 절망감이 그녀 스스로를 외롭게

236

만들었을지도 모른다.

어쩌면 그녀도 내가 그런 기분이 몸 안에 차오를 때면, 반만 열리는 창을 열고 그다지 맑지 않은 서울 공기를 방 안으로 들여놓으며 시도 때도 없이 오가는 지선 버스들과 그 버스를 타기 위해 정류장에 줄지어 선 사람들, 그리고 지하철 역사에 반쯤 가려진 남산 타워를 오랫동안 바라보는 것처럼 그 풍경들을 바라봤을 것이다.

그녀는 무슨 생각을 했을까? 그렇게라도 하면 조금이나마 위로가 되었을까? 나는 궁금해진다. 어쩌면 그녀가 일본으로 갑자기 떠난 이유는 끝도 없는 막막함에서 벗어나기 위해서였는지도 모른다. 그녀가 불안한 마음을 안고 처음 시작했던 이곳에서 나도 새로운 일에 몰두했다. 대부분 헛발질에 그쳤고 급한 마음과 다르게 더뎠지만, 그래도 나름대로 분투했다.

두 계절을 보내고 나는 그녀의 집을 떠나 나만의 공간으로 옮겼다. 그 후 쌀알 같은 날들이 지났고, 그녀는 아직도 일본에 머물고 있다는 소식을 몇 년 전에 친구로부터 전해 들었다. 지금은 무슨 일을 하는지, 어떻게 지내는지 자세히는 모르지만 그녀가 뭔가 빛나는 걸 찾았길 바란다.

우리는 10여 년 동안 두 번 만났고, 그사이 꿈을 잃었고, 지금은 다른 꿈을 꾸며 살고 있다. 결과가 어떻게 될지 우리 중 아는 사람은 없다. 삶은 여전히 진행 중이고, 끝나는 종은 아직 울리지 않았다.

237

돌아온다

이제 그녀도 나도 그 집으로 다시 돌아갈 일은 없다.

나는 가끔 오랫동안 잠 못 들던 밤에 봄날의 아지랑이처럼 불안하기만 했던 그때, 잠시 숨어 있기 좋았던 그녀의 집을 생각하곤 한다.

무엇이 되지 않더라도

그걸 만난 건 행운이었다

그건,

나를 진정시켜준다.

그건,

나 스스로가 멋진 사람이라고 느끼게 해준다.

그건,

학교에서 가르쳐주지 않은 많은 것들을 알려줬다.

그건,

나와 모든 순간을 함께해줬고 해줄 것이다.

그걸 알게 된 건 행운이다.

내가 아주 아이였을 때부터 주변에는 소리들로 가득했다. 공기처럼 보이지 않았지만 나는 그게 분명 내 주위에 존재하고, 그걸 듣고 있으면 기분이 차분해지기도 하고 때로는 몸이 주체할 수 없을 정도로 신난다는 걸 알게 되었다. 소리는 엄마가 늘 머무르던 부엌에서 시작되었다. 부엌에는 작은 상자가 있었는데, 거기서 그 소리가 흘러 나왔다. 나는 상자 안에서 작은 요정들이 그 소리를 만들고 있다고 상상했다. 나중에 그 소리는 음악이고, 상자 안의 요정들이 음악을 만드는 게 아니라

돌아온다

는 것도 알게 되었다. 그리고 라디오라고 알게 된 상자는 엄마가 아버지에게 결혼 2주년 기념일 선물로 받았다는 것도 알게 되었다. 라디오는 별 기능 없이 크기만 했지만 엄마는 그걸 소중하게 다루셨다.

엄마는 종일 집안일을 하면서 라디오에서 흘러나오는 모든 종류의 음악을 들으셨다. 지금 기억해보면 라디오에서 흘러나왔던 음악은 클래식이나 당시 유행하던 팝송이었다. 학교가 끝나 집에 돌아오거나 학교에 가지 않는 방학이면 나도 엄마와 함께 온종일 음악을 들었다. 그때 라디오에서 흘러나오는 음악이 내가 알던 음악의 전부였다.

중학교에 들어가면서부터 음악을 듣는 새로운 취향이 생겼고, 음악이 다른 사람들에게 나를 다르게 보이게 할 수 있다는 걸 알게 되었다. 당시 친구들은 '서태지와 아이들', '듀스', '룰라' 같은 대중가요를 들었다. 나는 어쩌다 보니 헤비메탈을 듣고 있었다. 반에서 헤비메탈 음악을 듣는 아이는 나 하나뿐이었다. 아이들은 그런 나를 별종으로 봤다. 나는 아이들이 그렇게 보는 게 좋았다. 나는 너무도 평범했기 때문이었다. 공부도 운동도 싸움도, 하다못해 당시 유행하던 농구, 그 어느 것 하나 눈에 띄게 잘하는 게 없어 있으나 마나 한 존재였다. 하지만 헤비메탈같이 대중적이지 않고 시끄러운 음악을 듣는다는 이유로 반 아이들은 나를 기억해주었다. 이때가 내가 태어나서 남들과 다른 취향을 가진 첫 번째 시기였다.

고등학교에 들어가 음악 취향은 더욱 괴상해졌다. 그러지 않으면 내가 너무 평범하고 지루하게 느껴져, 친구들이 잘 모르는 음악을 일부러 더 찾아 들었다. 그러면 그럴수록 친구들 사이에서 나는 더 유별나졌고, 나는 그게 마음에 들었다. 나의 마지막 자존심 같은 것이었다.

'나는 너희와는 다른 음악을 듣는다.'

그때부터 오로지 음악만 들었고, 공부는 미뤄두고 음악에 필요한 정보들만 찾았다.

대학에 들어가서는 그 취향의 정점을 찍었다. 아무도 내가 듣는 음악은 듣지 않았고, 그런 음악이 있는지조차 몰랐다. 아니 관심도 없었다. 헤비메탈로 시작한 음악은 프로그레시브, 재즈, 클래식, 얼터너티브, 펑크, 브릿팝, 하드록, 테크노, 블루스 등 다양한 장르의 음악으로 퍼져갔다. 세상에는 내가 아직 듣지 못한 음악들이 넘치도록 많아서, 그 미지의 음악들을 남들이 나보다 많이 들을까 봐 조급했다. 그래서 한 10년 정도 새로운 음악이 나오지 않도록 법을 만들었으면 좋겠다는 순진한 생각을 했을 만큼 음악에 관해서는 순수하고 열정적이었다.

도무지 이해가 안 되는 음악도 많았다. 분명 내 귀에는 그다지 감동도 없고 특별한 점이 없었지만, 당시 음악평론가들이 반드시 들어야 하는 앨범으로 소개하면 그 음악을 이해하지 못하는 날 책망했고 스스로 주눅이 들었다. 그런 음악은 마치 공부를 하듯 도서관에 가서 이어폰을 꽂고 몇 시간이고 반복해 들으며 이해하기 위해 노력했다. 지금 와서 생각해보면 그 노력은 처절한 것이었다.

돌아온다

이렇게 처절하게 음악을 들은 덕분에 나는 좋은 음악을 많이 안다는 자부심을 갖게 되었고, 다양한 음악을 들으면서 세상에는 다양한 감성과 이야기들이 있다는 걸 알게 되었다.

그때는 음악을 찾아 듣는 맛이 있었다. 구하기 어려운 음반을 오래 기다려 구하고, 잡지에 실린 인터뷰나 리뷰를 읽으면서 모르던 음악과 정보들을 알아가는 즐거움도 컸다. 그리고 가진 돈을 털어 앨범을 사는 기쁨, 가방 가득 그날 들을 CD를 넣고 다니며 하나하나 꺼내 듣는 기분은 굉장한 것이었다. 이렇게 열성적이었던 나는 요즘에는 그때처럼 음악을 듣지는 않는다. 여전히 음반을 사 모으고 언제나 듣고 있지만 예전같이 절실하지는 않다. 좋게 말하면 음악을 온전히 편안하게 즐길 수 있게 되었다고 할 수도 있고, 한편으로는 이제 게을러져서 음악만 들을 시간이 많지 않다. 이제 나 자신을 스스로 챙기기 위해 신경 써야 할 일들이 많아졌다.

그래도 나는 음악을 계속 들을 것이다.

내 많은 이야기들과 감정들이 모두 거기서 왔고, 여전히 음악 안에 있을 테니.

음악을 통해 슬픔을, 음악을 통해 뜨거운 사랑을, 음악을 통해 분노하는 법을, 음악을 통해 세상을 배웠다.

좋은 음악을 들으며 살아가고 싶다. 그리고 내가 아는 음악을 내 곁에 있는 사람들에게 나눠주고 싶다.

아직도 기억나는 날이 있다.

무엇이 되지 않더라도

갖고 있던 돈을 몽땅 털어 사고 싶던 '펄프PULP'의 앨범을 사고 차비가 없어 왕십리부터 명일동 집까지 한없이 걸으며 펄프의 음악을 벅찬 가슴으로 들었던 1996년 4월 4일 밤을⋯⋯. 그날 끝도 없이 길을 걸으며 생각했다.

음악이 내게 온 건 행운이라고⋯⋯.

돌아온다

독서 모임 '시간을 좀 주세요'

하얀 캔버스에 번져가는 수채 물감처럼 하늘은 붉게 물들어 가고, 바람은 골목을 따라 해가 저무는 서쪽으로 불었습니다. 골목의 3층 카페 모모뮤에는 언제나 그렇듯 손님이 없습니다. 그러다 당신이 카페 안으로 들어와 크림 커피를 시킵니다. 크림 커피를 만들어 큰 창가 테이블에 앉은 당신에게 내놓고, 음악을 밴 모리슨^{Van Morrison}의 새 앨범으로 바꿉니다. 음악이 카페 안을 조용히 채웁니다.

그때쯤 해가 지려 하는지 카페 창에 붉은 기운이 더 진해졌습니다. 당신은 내가 만든 크림 커피를 마시며 뭔가 읽고 있습니다. 카페를 운영하면서 책을 읽거나 개인 작업을 하는 사람들이 꽤 많을 거라 생각했는데, 막상 그런 사람은 아주 드물기에 책을 읽는 당신에게 자꾸 시선이 갑니다. 몇 번을 망설이다 "뭘 읽고 있어요?"라고 용기 내어 물었습니다.

당신은 작은 미소를 지으며 책 표지를 보여줍니다. 색이 바랜 표지에서 세월의 흔적이 느껴지는 『돈키호테』였습니다. 심지어 글이 세로로 인쇄되어 있었습니다.

요즘 시대에 『돈키호테』를 일부러 읽는 사람이 있다는 게 신기했습니다. 재미있느냐고 물으니, 당신은 솔직히 그저 그렇다고 했습니다. 헌책방에서 사서 읽기 시작했는데 잘 읽히지 않아 진도가 안 나간다고 했습니다. 그리고 책이 쓸데없이 커서 가방에 넣고 다니기에 불편하다며 내게 읽어봤는지 물었습니다. 나는 어릴 때 만화로 봐서 내용은 대충 알지만 제대로 읽어본 적은 없고 앞으로도 읽을 것 같지 않다고 대답했습니다. 당신은 고개를 끄덕이며 애써 읽을 필요는 없는 것 같다며 내게 괜찮은 책이 있으면 권해달라고 했습니다. 당신의 부탁에 나는 솔직히 기뻤습니다. 내가 좋아하는 걸 다른 누군가에게 권하며 취향을 나눈다는 건 신나고 설레는 일이니까요. 어떤 종류의 책을 좋아하느냐고 물으니 당신은 『돈키호테』만 아니면 된다고 했습니다. 솔직히 내가 쓴 『잘 지내라는 말도 없이』를 추천하고 싶었지만, 그러면 너무 별로일 것 같아서 대신 마침 카페 책장에 있던 『존재의 세 가지 거짓말』을 가져와 보여줬습니다. 당신은 읽어본 적은 없지만 제목이 마음에 든다면서 다이어리를 꺼내 책 제목을 적었습니다.

오랜만에 다른 사람과 책에 대해 이야기를 나누니 신이 났습니다. 이상하게 책을 쓰면서부터 다른 작가의 책에 대해 이야기할 일이 없었습니다. 예전에는 친구들과 서점에 가서 마음에 드는 책을 사서 서로 교환하거나 좋아하는 책에 대해 이야기도 많이 했는데 요즘은 그런 일이 조심스러워졌습니다. 책을 추천하고 나니 딱히 나눌 이야기가 없어 바로 돌아왔습니다. 당신도 『돈키호테』를 다시 읽기 시작했습니다.

창밖을 보니 붉게 물든 공기 위로 어둠이 내려앉기 시작했습니다. 카페에 조명을 켰습니다. 그러자 카페 안이 밝아지며 어둠은 흔적 없이 사라졌습니다.

돌아온다

당신과 좀 더 이야기를 나눴으면 좋았을 테지만 우리는 대화를 이어나가기에 적당한 타이밍을 놓쳤고 나는 소심했기에 다음 기회로 미뤘습니다. 다음이라는 게 있을지 모르겠지만……. 얼마 후에 당신은 추천해준 책을 꼭 읽어보고 감상을 이야기 해주러 다시 오겠다는 말을 남기고 카페를 나갔습니다. 당신이 나간 뒤 그 책을 다 읽으려면 시간이 얼마나 걸릴지 생각하며 커피 머신을 청소했습니다.

그러다 독서 모임 같은 걸 만들어보면 어떨까 하는 생각이 들었습니다. 취향도 하는 일도 다른 사람들이 모여 같은 책을 읽고 서로의 느낌을 이야기해보는 것이 새로운 자극이 될 것 같다는 생각이 들었습니다. 그러면 당신을 또 볼 수 있을지도 모르니까.

그렇게 독서 모임 '시간을 좀 주세요'가 만들어졌습니다.

독서 모임 '시간을 좀 주세요'에는 초등학교 선생님부터 취업 준비생, 그리고 연극배우까지 직업과 취향이 꽤나 다양한, 그리고 나이도 다양한 사람들이 모여 있습니다.

한 달에 한 권씩 책을 선정해 매주 미리 정한 챕터를 읽고 와서 감상을 나눈 뒤 마음에 들었던 구절을 낭독합니다. 흥미로운 점은, 저마다 관심사가 달라서인지 같은 책을 읽어도 각자의 관점에 따라 다른 부분이 논의에 부쳐진다는 것입니다.

아, '시간을 좀 주세요'라는 이름은 다음과 같은 연유로 지어졌습니다. 감상을 이야기할 때마다 사람들이 대부분 "시간을 좀 주세요. 이따 말할게요"라고 합니다. 이 단골 변명이 독서 모임의 이름이 된 것이죠. 지금도 이 모임에서는, 우리가 애써 찾아 읽지 않으면 영영 읽을 리 없는 책들을 함께 모여 읽고 있습니다.

돌아온다

잠시라도 나를 의심하기 시작하면

더 이상 날 찾지 않길 바랐건만, 여느 때처럼 기척 없이 불쑥 찾아와버렸다. 이제 그만 날 좀 내버려두라고, 이제는 충분하다고, 더 이상은 싫다고 수없이 말했지만, 우리는 또다시 함께하게 되었다. 마지막으로 함께한 게 언제였는지 기억이 나지 않을 정도로 오래된 것 같은데, 어째서 이 먼 곳까지 날 찾아온 걸까?

미국 오리건 주 포틀랜드. 화창한 여름이 머물고 있는 정오. 노스웨스트 20번 가에 있는 카페 커피타임에 나란히 앉아 있다. 우리는 아무 말 없이 서로에게 애써 무심한 척하며 정오의 햇살을 맞으며 오가는 사람들만 바라보고 있다. 널 모른 척하고 싶지만 아무래도 네가 신경 쓰이는 건 어쩔 수 없다.

나는 스스로에게 다짐한다. 네가 없는 것처럼 생각하자고.

너와 있을 때면 난 불안하고 불쾌해지며 불편해진다. 우리는 함께 있으면 아무것도 할 수가 없다.

내게는 써야 할 이야기들이 아직 많이 남아 있고, 정해둔 시간은 얼마 남지 않았다. 그래서 네가 찾아온 것만으로도 묵직한 급행열차가 정면으로 돌진해오는 듯한 압박감을 느낀다.

난 지금 알아차렸다. 매번 네가 날 찾아오는 게 아니라 넌 언

돌아온다

제나 내 주변에 웅크린 채 기다리고 있다가 내가 약해지거나 잠시라도 나를 의심하기 시작하면 내 안으로 스르륵 파고든다는 걸.

지금 나는 광막한 우주 공간을 삼킨 것만 같은 거대한 공허함과, 아지랑이처럼 피어나는 불안함, 그리고 당장 무엇을 해야 할지 모르는 막연한 공포를 느끼고 있다. 정말 죽을 맛이다. 꼭 하고 싶은 일들이 있다. 이 여정을 편안한 마음으로 끝내고 싶다. 그동안 정리하고 싶었지만 바쁜 일상 때문에 미뤄둔 고민과 생각을 말끔하게 결론짓고 싶다. 그리고 그 모든 걸 부족한 내 단어들로 모아두고 싶다. 내가 원하는 건 이것뿐이다.

하지만 언제나 그렇듯 너는 아무것도 하지 못하도록 내 마음을 이리저리 요동치게 만든다. 나는 강하지 못하기에 너의 작은 몸짓과 존재만으로도 방향과 중심을 잃고 표류해버린다.

네가 없었다면,

널 몰랐다면,

그리고 내가 강했다면

나는 어땠을까?

그럼 나는 지금보다 더 자유로워져 더 멀리까지 갔거나 홀가분한 마음으로 살아갈 텐데. 그러지 못하니까 이렇게 도망 다니듯 살겠지.

10년이다. 널 알고 지낸 지. 어쩌면 더 오래되었을지도 모른다. 이젠 지겹다 못해 증오가 넘쳐흐른다. 너에게 복수하고 싶다. 내가 알고 있는 가장 잔인한 방법으로 너를 해치우고, 아무도

무엇이 되지 않더라도

널 찾지 못하게 이 세상에 존재하는 가장 험하고 황량한 곳에 작별 인사와 애도도 없이 깊은 구덩이를 파서 묻어버리고 싶다. 그럴 수 없다면, 모든 방법을 동원해 회유하거나 가장 비굴한 모습으로 널 달래서 제발 내게서 떠나달라고 부탁하고 싶다. 아니면 날 가만 놔두는 조건으로 내가 가진 것 일부를 바칠 마음도 있다.

넌 알고 있다. 내가 너에 대한 책을 썼고, 그 안에 너에 대한 모든 이야기를 가능한 한 호전적으로 썼다는 걸. 그 정도 간절함이라면 감동받아야 하는 거 아니냐? 뭐가 부족한 거지? 나는 네가 무엇을 원하는지 여전히 알지 못한다. 네가 찾아올 때마다 온전히 너를 이해하려 노력한다. 10년이라는 긴 시간 동안 여러 가지 방법을 알게 되었고 시도도 해봤다. 하지만 결국 내가 알게 된 건, 어떤 방법으로도 넌 떠나지 않을 테니 그저 네가 찾아올 때처럼 기척 없이 사라질 때까지 그저 견뎌낼 수밖에 없다는 것이다.

네게 묻고 싶다.
네가 원하는 게 혹시 내가 이 여정을 포기하고 그냥 집으로 돌아가는 건지, 아니면 이 글을 끝내지 못했으면 하는 건지. 이것이 이유라 해도 난 절대 포기하지 않을 것이다. 이는 내가 지키고 끝내고 이루고 싶은 꿈이니까.

돌아온다

너도 알 것이다.

충분히 너로 인해 많은 걸 포기하고 감수하며 여기까지 돌고 돌아 왔다. 뭔가 기억하고 써 내려가는 건 내 마지막 꿈이다. 그래서 그것만큼은 네게 내줄 수 없다.

공황장애.
불안.
우울.
이게 너의 정체이고
너의 이름이다.

틈만 나면 너는 내가 꿈꾸던 것들을 엉망으로 만들었다. 그리고 글을 쓸 때마다 마귀처럼 날 혼란스럽게 만들기도 했다. 이번에도 별반 다르지 않다. 그래서 이젠 타협 같은 건 하지 않으려 한다. 네가 날 끊임없이 약하게 만들어도 이제까지 그랬듯 널 들쳐 메고 이 여정과 이 글의 끝까지 어떤 수단으로든 갈 것이다.

무엇이 되지 않더라도

배워야 했다

새들은 날지 않으면
추락해버린다는 사실로부터
나는 법을 배웠다.

뭔가 생각해내지 않으면
몸이 고생한다는 사실로부터
머리 쓰는 법을 배웠다.

꽃은 향기가 없으면
벌을 유혹하지 못해 열매를 맺지 못한다는 사실로부터
향기와 꿀을 만들어내는 법을 배웠다.

낙타는 혹에 물을 저장하지 않으면
사막을 건너지 못한다는 사실로부터
혹에 물을 가득 채워 서두르지 않고 사막을 건너는 법을 배
웠다.

남극 황제 펭귄은 서로 한데 뭉쳐 있지 않으면
매서운 바람에 얼어 죽을 수밖에 없다는 사실로부터

무엇이 되지 않더라도

모두 모여 몸을 맞대고 체온을 유지해 긴 겨울을 나는 법을 배웠다.

그리고 우리는 다른 누군가를 사랑하지 않으면
외롭고 긴 밤을 혼자서 버텨내야 한다는 사실로부터
서로 사랑하는 법을 배웠다.

우리는 뭐든 배워야 했다.
실수와 사건, 그리고 경험을 통해.
이 세상에서 어떻게든 살아남으려면 우리는 꾸역꾸역 배울 수밖에 없었다.

257

돌아온다

마지막으로 하고 싶은 말

무엇이 되지 않더라도

당신이 언제나 그 자리에 머물러 있는 나무였으면 좋겠어.

나는 한 마리 참새.

언제든 내가 찾아 날아가면 그 자리에 있으면 좋을 텐데.

당신 마음과 상관없이 내가 당신이 보고 싶을 때

이기적으로 날아가도 만날 수밖에 없게

그 자리에 깊게 뿌리 박고 우뚝 서 있었으면 좋겠어.

하지만 당신은 나무가 아니고

나에게도 면목이라는 것이 있어서

오늘 난 당신에게 날아갈 수가 없어.

사실 나는

새보다는 고양이였으면 좋겠어.

네 기분 따위는 생각하지 않고

순전히 내가 외롭거나 따사로운 온기가 필요할 때면

슬그머니 다가가 네 무릎에 앉았다 네 체온으로 내 몸을 덥

히고서

다시 슬그머니 떠나는 뻔뻔한 고양이였으면 좋겠어.

하지만 난 고양이가 아니고

내게도 양심이라는 게 있어서

오늘 난 당신에게 꼬리를 살랑거리며 찾아갈 수가 없네.

왜, 이 먼 포틀랜드까지 와서 당신 생각에 아침마다 무겁게

돌아온다

일어나는지 알 수가 없고

　왜, 내 꿈에 나타나 날 나무라듯 말없이 바라보는 눈빛이 마음에서 까끌거려 아침마다 속이 쓰려

　잠에서 깨어나곤 하는지.

　너에게 돌아갈 방법을 적어도 쉰두 가지는 알고 있지만

　그 방법들을 어떻게 시도해야 할지 상상도 못하겠고

　다시 돌아간다 해도 예전처럼 똑같은 문제들을 반복할 거라는 걸 알기에 돌아갈 엄두를 못 내고 있어.

　그래서 마지막으로 당신에게 하고 싶은 말이 두 가지 있어.

"짹짹～."

　그리고

"야옹～."

무엇이 되지 않더라도

그때는 가고 지금이 왔다

어떤 일이 일어나기 전에는 전조 같은 것이 있다.
비가 내리기 전 공기에서 풍기는 비 냄새라든가
천재지변이 일어나기 전 새들이 떼를 지어 날아오르고
바다의 물고기들이 물 밖으로 튀어 오르는 행동.
주식이 곤두박질치기 전 들려오는 불안한 뉴스.
그리고 이별을 앞두고 느껴지는 그 사람의 냉랭한 태도.
이성보다 앞선 인간의 감각으로 우리는 눈치챌 수 있다.
나중에는 오해와 확인의 과정을 통해 그것을 실제로 받아
들인다.

그래서 다가올 일을 어느 정도 준비할 수 있다.
물론 쓰나미처럼 무작정 몰려와 준비도 못하고 영혼까지 털
리는 일들도 있다.
아니면, 분명 일은 일어났지만 그 일이 일어난 줄도 모르고
나중에야 '아, 그랬었구나' 하고 뒤늦게 알아차리기도 한다.

그때 나는 모든 것이 명확했다.
그때 나는 찌질했었다.
그때 나는 좋아하는 구절을 100개 정도는 외우고 다녔다.
그때 나는 무모할 정도로 용감했다.

돌아온다

그때 나는 항상 웃는 표정으로 세상을 바라봤다.

그때 나는 바보처럼 보일 정도로 온화했다.

그때 나는 모든 사물들을 선량하게 대했다.

그때 나는 시간이 천천히 가고, 또 천천히 흘러갈 거라 생각했다.

그리고 그때 나는 눈부실 정도로 청초하고 아름다웠다.

그렇게 그때는 가고 지금이 왔다.

나는 더 이상 그때의 내가 아니고 세상도 예전 같지 않다.

지금 나는 모든 것이 애매하고 헷갈린다.

지금 나는 조금은 대범해졌다.

지금 나는 어머니 기일도 잊어버릴 정도로 기억력이 형편없다.

지금 나는 아무래도 상관없다는 표정으로 세상을 바라본다.

지금 나는 괴팍해졌다.

지금 나는 나를 포함한 모든 것을 미워하고 못마땅해한다.

그리고 지금 나는 시간이 더럽게 빠르게 흘렀고 더 빠르게 흐를 거라는 걸 안다.

그때는 몰랐고 지금은 안다.

그때 내가 얼마나 선했는지.

나는 매일매일 시간과 이별하는 중이다.

무엇이 되지 않더라도

그건 그리 지독하지 않다.

다만 그것이 어떤 의미인지 지금은 잘 모를 뿐이다.

그런 면에서 나는 늦게 알아차리는 사람이다.

내게 지나간 시간은 아름답게 채색되고 아쉬움에 후회하게 만든다.

그렇기에 나는 지나간 시간에 관대하고 언제나 좋게만 기억하는 경향이 있다.

언제까지나 그럴 것이다.

지금을 즐기지 못하고, 지나고 나서야 '그때가 참 좋았지'라고 생각할 것이다.

이래서 나는 정말 별로다.

하지만 나이가 든다면 분명 지금보다 지난 시간이 더 많이 쌓일 테니 나는 행복해질 것이다.

그리고 안도할 것이다.

시간이 얼마 남지 않은 것에.

돌아온다

당연히 사라질 나를 위한 부고

그날은 당연히 와야 한다. 그래야 내 이야기가 끝이 날 테니까. 만약 이야기가 계속 진행된다면 꽤나 지겨워 견디기 힘들 것이다. 그 이야기가 해피 엔딩이든 아쉬움을 남기든 말이다. 나도 그렇고 당신도, 어떤 식으로든 이야기는 끝나야 하는 법이다.

나는 무신론자는 아니다. 그렇다고 신의 존재를 믿는다고 하기에도 애매하지만, 그래도 저 위에 누군가가 있다면 좋겠다고 생각하기에 많은 신 중 한 분을 믿었다.

매일은 아니지만 자주 기도를 했다. 솔직히 기도를 한다고 내가 바라는 바를 이룰 수 있다고 절실히 믿은 건 아니었다. 기도는 나 자신에게 스스로 하는 다짐이고 고백 같은 것이었다. 기도를 통해 내가 저지른 실수와 내가 이루고 싶은 것을 나 자신에게 다짐하는 것이나 마찬가지였다.

신은 내게 증인과 같은 존재였을지도 모른다. 신에게 의지하기보다는 나 스스로 어떻게든 해나가길 바랐다. 신이 없다고 생각한 적도 있다. 하지만 사는 것이 팍팍하고 의지할 곳이 없어 나는 신을 믿기로 했다. 그동안 여행을 하면서 많은 세상을 봤고, 거기 살고 있는 다양한 사람들을 만났다. 그러고서 내린 결론은, 신은 있을 수밖에 없고 반드시 있어야만 한다는 것이다. 그렇지 않고서야 어떻게 이 세상에 다양한 풍경과 내가 만난 좋은 사람들이 나와 같은 시대에 함께 존재할 수 있는지 단지 우연만으로는 설명할 수가 없었다. 그래서 나는 신도 믿고, 신의 숨결로 만들어진 사람들을 믿는다.

나의 세계에서는 내가 제일 힘든 사람이었다. 세상은 유독 내게만 엄격하고 거칠었다. 아니면 단지 내가 이 세계에 살기에는 너무 약한지도 모른다.

나는 사는 게 서툴렀다. 살다 보면 괜찮아질 줄 알았지만 아무리 배우고 경험하고 사람들을 만나 이야기를 들어봐도 그다지 달라지지 않았다. 늘 실수의 연속이었고 후회의 나날이었다. 그렇지만 살다 보니 어렴풋이 알게 되었다. 나만 그런 게 아니라는 걸, 당신도 비슷하다는 걸. 이 삶은 누구에게나 공평하다는 걸.

지금까지 항상 힘든 시간만 있었던 건 아니다. 그와 비슷하게 좋은 시절도 있었다. 좋은 사람들을 만났고 사랑도 충분히 받았다. 다양한 감정을 느낄 만큼 느꼈고, 그것들을 나만의 방식으로 표현해서 남길 방법도 찾았다. 그러고 보면 지독히 나쁜 인생은 아니었다. 아니 오히려 복 받은 시간이었다.

그렇지만 나는 만족을 몰랐다. 작가로서의 성공, 완벽한 사랑, 사람들로부터의 인정, 성공으로 얻는 돈과 명성을 원하고 고대했다. 조금만 더 노력하고 조금만 더 가면 그것들을 당연히 품을 수 있을 거라고 믿었다. 그래서 늘 앞만 향했던 나는 정작

돌아온다

현재를 즐기지 못하고 아쉽게 지나쳐 보내기만 했다.

과거도 미래도 모두 의미가 있지만 중요한 건 현재라는 걸, 나중에야 알게 되었지만 그래도 고치지 못했다. 언제 올지 모르는 기차를 막연히 기다리는 것처럼 기다리는 일을 반복했다. 현재를 즐기고 느낄 수 있었다면, 나는 조바심 내지 않고 스스로를 괴롭히지 않고 알찬 시간을 보낼 수 있었을 것이다. 이게 내가 가장 후회하는 일이다.

물론 나는 아직 떠나지 않았고, 당신들과 함께 가능한 한 오래 이곳에 사이좋게 머물 것이다. 끝없이 펼쳐진 네바다 중부 국도 위에서 나는 이 이야기를 글로 써야겠다고 생각했다. 그 길은 햇살이 강했고 구름이 엄청나게 컸으며, 몇 시간을 달려도 똑같이 메마른 풍경만이 펼쳐졌고, 오가는 차도 거의 없었다. 그때 나는 고독했다. 옆 좌석에 내가 편애하는 누군가가 있었어도 나는 똑같은 생각을 했을 것이다. 그때 나는 이 지구에서 가장 고독한 사람이었다. 고독은 사람을 깊게 만든다. 이 글의 의미는, 미리 준비하는 내 인생에 대한 중간 정리라고 할 수 있다. 그래서 나는 이 세상을 떠나기 전 바라는 몇 가지를 메모해두었다.

나는 아버지보다 더 오래 살고 싶다.

그는 혹독한 이별의 아픔을 이미 경험했다. 나까지 그의 마음을 아프게 하고 싶지 않다.

나는 모리세이Morrissey보다 오래 살고 싶다.

그의 노래를 더 많이 들어보고 싶다.

무엇이 되지 않더라도

나는 오로라와 모리씨보다 오래 살고 싶다.

그들은 내가 끝까지 책임지고 싶다.

나는 정말 완벽한 문장을 써보고 싶다.

길지 않아도, 어렵고 심오한 단어로 이뤄지지 않아도 괜찮다.

단 한 문장이라도 제대로 써서 남기고 싶다.

나는 내가 떠나는 날까지 몇 살이 되건 꿈꾸며 살고 싶다.

외모는 나이가 들어도 마음만큼은 소년이고 싶다.

마지막으로 천국이나 지옥이 있다면 우리 집에서 멀지 않았으면 좋겠고, 내가 이생의 추억과 나의 사람들을 온전히 모두 기억했으면 좋겠다.

내가 원하는 건 정말 이뿐이다.

다시 말하지만 이건 우울한 이야기는 아니다.

언젠가, 그리고 당연히 맞이할 그날 전날의 이야기다.

나는 알고 있다.

내가 떠났다는 이야기를 들었을 때 날 위해 울어줄 사람이 누구인지를. 그들을 볼 때마다 늘 감사하고 미안한 마음이 든다. 그들을 생각하면 내가 지금까지는 잘 살아온 것 같아 마음 한 구석에서 온기가 느껴진다.

고마워요. 다들.

마지막으로 하고 싶은 말이 있어요.

돌아온다

내가 눈을 감는다면

그전에 이 시절을 추억하며 사람들에게 말해주리.

산소처럼 늘 옆에 있기에 그 소중함을 몰랐지만

노래들과 문장들, 그리고 당신들이 있어 그렇게 지독하진 않았고.

이 지랄 맞은 만년 같은 시간을 지치지 않고 버텨낼 수 있었다고.

그래서 나는 더 많은 음악과 더 많은 책들,

그리고 더 많은 사랑을 원했다고.

그랬기에 내가 음악을 만들 필요가 없었고

내가 모든 글을 쓸 필요는 없었으며

힘든 사랑을 하지 않았다.

그저 그것들을 받아들일 귀와 눈,

그리고 작은 마음만 가지고 있으면 충분했다고.

따지고 보면 나쁘지 않은 인생이었다.

한편으로는 삶의 속도로 평생 멀미에 시달렸다고.

하지만 난 모든 것을 쏟아내지 않으려고 모든 걸 삼키며 버텨왔다고.

이제 마지막으로 모든 것을 두고 간다고 말해주고 싶다.

당신들도 그렇게 살 거라는 농담 같은 저주의 말도 잊지 않을 것이다.

무엇이 되지 않더라도

행복했다. 작은 관심이 여기 있었기에.

사랑했었다. 너무 많은 예쁜 사람들이 있었기에.

그리고 용서한다. 그럴 수밖에 없었다는 걸 이해하기에.

만약 다시 생을 반복할 수 있다면

다시 지금처럼 살고 싶고

다시 당신들을 만나고 싶다.

그래서 반갑게 인사를 나누고 싶다.

하지만 난 지금 먼저

바람에 휩쓸리듯 별까지 갈 거라고.

안녕!

안녕?

그리고 잘 지내.

_1978~**** 김동영보다 생선이라 불렸던

아마도 이 글이 들어가려면 아주 큰 비석이 필요할 것이다.

돌아온다

그럼에도 무엇이 되고 싶다

무엇이 되고 싶은지 정확하게 알고 있다.

나는 작가가 되고 싶다.

책을 몇 권 냈으니 이미 작가이겠지만

내 글이 한철만 떠돌다 사라지지 않고

화석처럼 오래 남았으면 좋겠다.

내가 동경했던 그들의 글이 그러하듯.

연애를 해보고 싶다.

내가 먼저 지쳐 나가떨어지지 않고

취향이나 성격이 맞지 않는다고 밀어내지 않고

다름을 받아들이는 넉넉한 연애를 하고 싶다.

이제 여행을 그만하고 싶다.

떠났다 돌아오는 일을 반복하는 게 피곤해졌다.

낯선 풍경 위를 걷고, 운명 같은 인연을 만드는 것은 매력

적이지만

곁에 있는 사람들에게 잘하기에도 남은 인생은 짧다.

이제 뭔가 사서 집 안에 두기가 싫다.

무엇이 되지 않더라도

세상은 마음을 자극하는 멋진 것들로 넘쳐나지만
그것들이 결코 텅 빈 나를 채워주지 않는다는 걸
나는 이제 어렴풋이 알게 되었다.

종교를 가져보고 싶다.
한 치 앞도 내다볼 수 없는 세상에서 더 이상 내가 불안에
떨지 않게
불안정한 나를 절대적인 존재에게 온전히 맡겨보고 싶다.

그리고 이제 성과가 눈에 보이는 일을 하며 살고 싶다.
내가 표현하고 마음에 품기만 했던, 실체가 없는 감정과 생
각이 아닌
감격스러울 만큼 멋져 보이든, 도저히 못 봐줄 실망스러운
결과물이든
눈으로 보고 손으로 직접 만져볼 수 있는, 실재하는 것을 만
들어보고 싶다.

예전이나 지금이나 나는 애매하다.
시간이 흐르면 조금은 명확해질 거라 생각했는데
그게 아닌가 보다.
그래도 그땐 몰랐지만 지금은 알게 된 게 있다.
문제는 결코 사라지지 않는다는 것.
새로운 문제가 이전의 문제를 덮을 뿐이라는 것.
그리고 문제가 해결되지 않더라도 그냥 안고 살아갈 줄 알

돌아온다

게 되었다.

　　조금 더 나은 내가 되기를 바란다.
　　조금 더 세상이 나를 받아들여주기를 바란다.
　　조금 더 세상이 살기 쉬운 곳이 되기를 바란다.

무엇이 되지 않더라도

결국 마지막에 남는 것

#1 쓴다는 것

글 쓰는 것을 좋아했습니다.

느끼고 생각한 걸 내 가난한 단어들로 써 내려갈 수 있는 게 마음에 들었습니다. 멋진 한 줄만 쓸 수 있다면 나머지는 저절로 채워지는 게 신기했습니다. 그리고 그렇게 쓰인 글이 사람들에게 읽히는 게 무척 설렜습니다.

글 쓰는 것이 괴로워졌습니다.

표현하고 싶은 걸 글로 표현하는 게 정말 보통 일이 아니라는 걸 알았습니다. 스스로 의심하지 않고 꾸준히 글을 써나간다는 게 얼마나 괴로운 일인지 알았습니다. 영감이 오길 기다리기보다는 책상 앞에 오래 앉아 있는 게 더 중요하다는 걸 알았습니다. 그리고 내 글이 누군가에게 읽힌다는 게 기적같이 어려운 일이라는 걸 알았습니다.

사실 꿈을 일찍 이뤘습니다.

저는 마흔 살 때쯤 책 한 권을 쓰는 게 막연한 꿈이었습니다. 하지만 서른 살에 첫 책을 쓰게 되었고, 마흔 살이 된 지금, 다섯 번째 책을 방금 마치고 이 글을 쓰고 있습니다.

솔직히 제가 작가가 될 줄 몰랐고, 될 이유도 없다고 생각했습니다. 하지만 저는 지금 글 쓰는 일을 하며 살고 있습니다. 정말 그동안 운이 너무 좋았다고밖에 설명할 길이 없습니다.

하지만 이제 운이 다했는지, 아니면 제가 진지해졌는지 모르겠지만, 최근 들어 언제까지 이렇게 글을 쓰면서 살아갈 수 있을까 하는 생각을 자주 합니다.

책을 읽는 사람이 예전만큼 많지 않고, 책이 잘 안 팔려서 생활하기 어렵다는 이야기를 하는 것이 아닙니다. 갑자기 어렵고 조심스러워진 글쓰기에 대한 고민입니다.

물론 아직 결론은 없습니다.

김경주 선배의 말처럼 스스로 의심하지 않고 계속 쓰다 보면 알게 될 날이 온다고 하니 더 쓰면서 기다려봐야겠습니다.

다만 그 답을 가능한 한 빨리 알게 되기를 바랄 뿐입니다.

#2 무엇이 되지 않더라도

가끔 나의 책이 잘 진열되어 있나 볼 겸 서점에 갔다 한 가지 사실을 깨달았습니다.

'내 책들이 언젠가는 사라지겠지⋯⋯.'

네 권을 썼지만, 그 책들은 10년이 지나고 또 다른 10년 정도가 지나면 서점이나 도서관에서 찾을 수 없을지도 모른다는 생각이 들었습니다.

시간이 흐르면 글을 쓴 작가나 읽은 독자도 나이가 들 테고, 그러면 당시의 감수성과 생각이 변하는 게 당연한 일일 것입니다.

하지만 이미 쓰인 책은 변하지 않고 그 자리에 멈춰 있을 것입니다. 그래서 새로운 시대의 독자들이 전혀 공감하지 못할지도 모릅니다. 그러면 책은 세월에 생기를 잃고 말라버린 꽃처럼 서점에서 사라질 거라는 생각이 들었습니다.

이런 생각을 하니 책을 쓴다는 것이, 그리고 책이 오래 살아남아 다른 세대에게 읽힌다는 것이 얼마나 고귀하고 어려운 일인지 알게 되었습니다.

이런 걸 느낀다면 더욱 열심히 해야겠다고 각오를 다져야 할지도 모릅니다.
하지만 저는 수명이 줄어드는 느낌을 받으며 글을 썼습니다.
매번 제가 할 수 있는 모든 것에 최선을 다했습니다. 스스로에게 항상 엄격했고 간절했습니다. 그래서 언젠가 저의 책이 독자의 곁을 떠나 사라지게 된다 해도 미련은 없습니다.
제가 할 수 있는 것은 다 했고 후회 또한 없으며, 이것이 제가 쓸 수 있는 최선이었으니까요.

그래도 누군가는 제 책을 기억해줬으면 좋겠습니다.

무엇이 되지 않더라도
온전한 내가 여기 있었다고……．

무엇이 되지
않더라도

1판 1쇄 발행 2017년 12월 18일
1판 14쇄 발행 2021년 3월 2일

지은이 김동영
펴낸이 김영곤
펴낸곳 아르테

아르테사업본부 본부장 장현주
문학팀 김유진 김연수 원보람
문학마케팅팀 김익겸 오수미 정유진 전승빈 김현아
영업팀 한충희 김한성 오서영
제작팀 이영민 권경민

출판등록 2000년 5월 6일 제406-2003-061호
주소 (우 10881) 경기도 파주시 회동길 201 (문발동)
대표전화 031-955-2100 팩스 031-955-2151

ISBN 978-89-509-7306-3 (03810)
아르테는 (주)북이십일의 문학 브랜드입니다.

(주)북이십일 경계를 허무는 콘텐츠 리더

아르테 채널에서 도서 정보와 다양한 영상자료, 이벤트를 만나세요!
페이스북 facebook.com/21arte 인스타그램 instagram.com/21_arte
포스트 post.naver.com/staubin 홈페이지 arte.book21.com